红楼职场

蕙馨斋 著

北京出版集团
北京出版社

图书在版编目（CIP）数据

红楼职场 / 蕙馨斋著. — 北京：北京出版社，2022.4

ISBN 978-7-200-16726-9

Ⅰ.①红… Ⅱ.①蕙… Ⅲ.①《红楼梦》研究 Ⅳ.①I207.411

中国版本图书馆CIP数据核字（2021）第244639号

责任编辑：张晨光　张　颖
责任营销：猫　娘
责任印制：燕雨萌
装帧设计：思梵星尚

红楼职场
HONGLOU ZHICHANG

蕙馨斋　著

*

北 京 出 版 集 团
北 京 出 版 社　出版

（北京北三环中路6号）
邮政编码：100120

网　　址：www.bph.com.cn
北 京 出 版 集 团 总 发 行
新 华 书 店 经 销
三河市同力彩印有限公司印刷

*

889毫米×1194毫米　　32开本　　9.375印张　　263千字
2022年4月第1版　　2024年3月第2次印刷
ISBN 978-7-200-16726-9
定价：58.00元
如有印装质量问题，由本社负责调换
质量监督电话：010-58572393

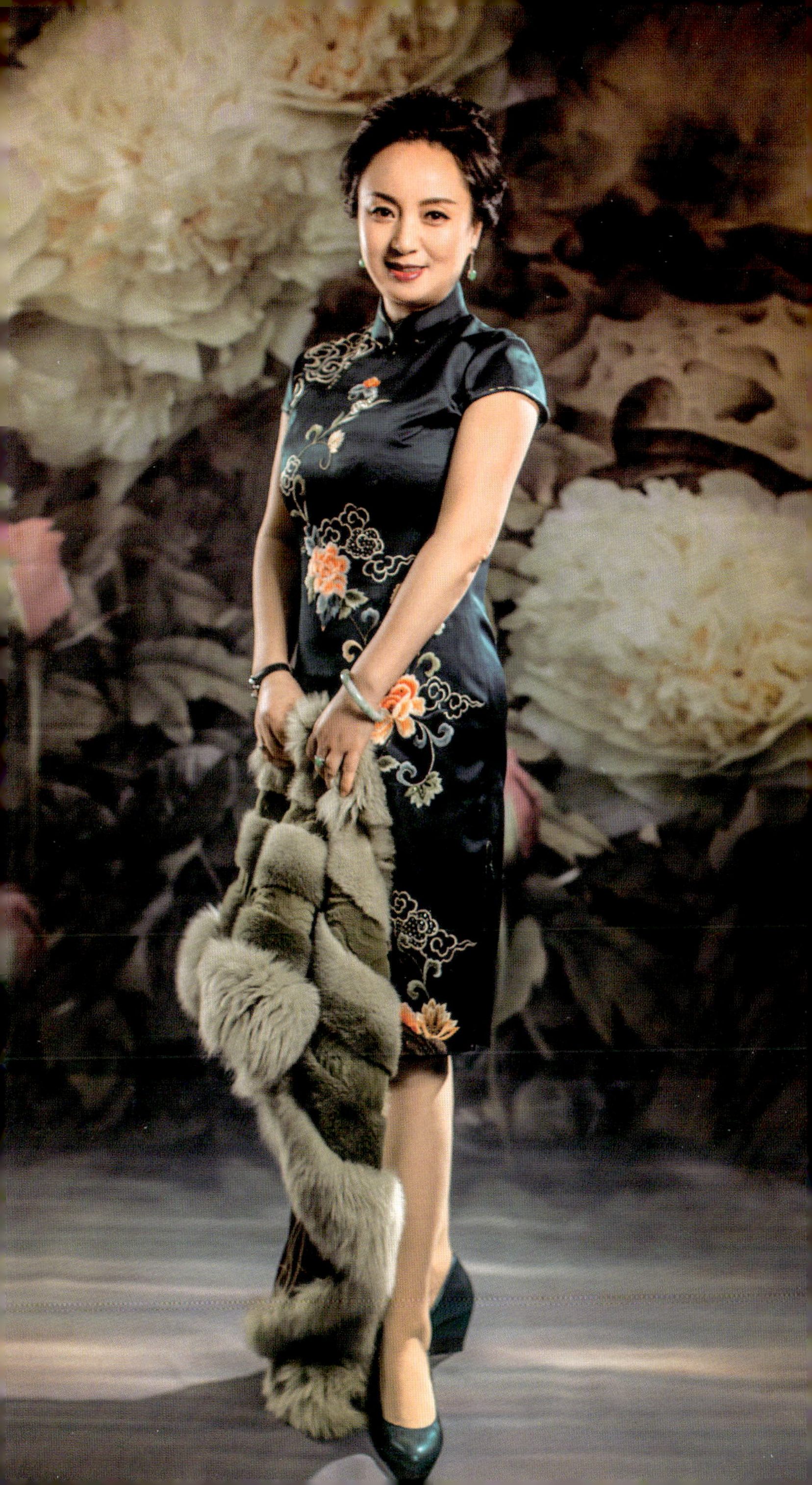

作者简介

蕙馨斋，原名程静。工商企业管理硕士，国际葡萄酒市场营销与管理学博士，中法两国首位同时荣获圣爱美隆和汝拉德骑士勋章的中国女企业家。现旅居法国，拥有法国中级葡萄酒名庄砾石堡（château l'estran），酷爱中外古典文学，尤其钟情于《红楼梦》，已出版《漫品红楼》《贾琏传》《探春传》《沉醉红楼》等作品。

前　言

"开谈不说《红楼梦》，读尽诗书也枉然。"

这是清嘉庆年间一位名叫得硕亭的文人所写的《京都竹枝词》中的两句话。如今旧话重提，倒不是为了谈宝、黛、钗、妙、湘、凤、元、迎、探、惜之流的悲欢离合、喜怒哀乐，而是想要聊一聊这本距今近三百年的文学巨著中所描述的那所大宅院里的管理问题。据有心人统计，全书合计九百七十五人，其中有姓名称谓的七百三十二人，无姓名称谓的二百四十三人；男性四百九十五人，女性四百八十人。我呢，是没有下功夫去搜罗统计过，姑且以此为据。一个上千人的组织机构，所涉行业繁杂，人员素质参差不齐，其管理的难度可想而知。

当然，贾府的管理绝对不是一个成功的案例，但它为什么失败？有哪些疏漏？有无可取之处？且容在下细细说来。或许能为现代管理以及现实生活中的您提供些许可借鉴之处。当然，至于它为什么失败，曹公在书中早已反复告知，如"生于末世""大厦将倾"等等。因此，本书所要探讨的内容当然首先是要跳出曹公早已设定好的书中人物的文学宿命，不然怎么忍心去指责或批评那些曹公心爱的角色呢！只有从旁观者的角度，客观分析原著中的人与事，这样才便于将书中人物与我们身边现实当中的人与事结合起来客观分析，也才有可能对现实生活与工作起到一点点启发作用。当然，这不过是作者一厢情愿的想法罢了。若真能有此功效，作者自然是欣喜万分。

不过虽说此书立意便是要跳脱人物的文学设定，只照字解字，仅看文字表象，不深挖人物言行举止背后的寓意，然究其根本，实在也只不过是换个花样品读《红楼梦》罢了！估计说着说着就又要忍不住东扯西拉了！而且估计最终也还是得老老实实服从曹公对于人物的安排设定。诸君莫笑！

所以诸位可千万莫将此书看成是一本什么管理教

材，从中能学到多少驾驭企业的真本事，那您可能真就要失望了。所以在下也不敢将此书命名为什么"跟着某某学管理"之类的，就叫个《红楼职场》。横竖里头的人都是有月例、领工资的，叫个"职场"总没什么大错。

另，书中仅为作者一家之言，不足为据，若有与读者诸君想法、观念不同之处，还望海涵。

目　录

前言 / 1

第一章　贾府的组织架构 / 1

第二章　荣国府的黄埔军校 / 13

　　第一节　监事会秘书鸳鸯 / 15

　　第二节　不辨阴阳的翠缕 / 21

　　第三节　特派员紫鹃 / 32

第三章　怡红院 / 39

　　第一节　经理袭人 / 41

　　第二节　主管晴雯与麝月 / 48

　　第三节　潜力股春燕 / 65

第四章　蘅芜苑与梨香院 / 73

　　第一节　蘅芜苑 / 75

　　第二节　梨香院 / 84

第五章　　　"三春"居所 / 91

　　　　　第一节　秋爽斋 / 93

　　　　　第二节　紫菱洲 / 99

　　　　　第三节　藕香榭 / 106

第六章　　　潇湘馆 / 111

第七章　　　稻香村与栊翠庵 / 125

第八章　　　凤姐的小院与宁国府 / 137

　　　　　第一节　凤姐的小院 / 139

　　　　　第二节　平儿 / 148

　　　　　第三节　宁国府 / 158

第九章　　　贾赦的别院 / 167

第十章　　　王夫人的上房 / 179

第十一章　　薛姨妈的家 / 191

第十二章　　贾琏的办公室 / 203

　　　　　第一节　外书房的经理人 / 205

　　　　　第二节　外书房的秘书 / 223

　　　　第三节　总裁贾琏　/ 229

第十三章　　名誉董事长贾政　/ 235

第十四章　　离职看人品　/ 251

第十五章　　红楼职场外场　/ 265

第一章

贾府的组织架构

谈到贾府的组织架构，原本想要画个组织机构图来显示，但思之再三，其中的机构重叠、人员职能交叉等诸般事宜，实非一张组织机构图所能尽述。而无论给书中人安个什么样的头衔，其实都并不十分准确，只能是个大概意思而已。因此，还是选择以语言描述的方式进行表达，相对来说更为详尽些，也更机动灵活些，同时也便于随时穿插评议，方不失著书立说之乐趣。

假设我们将贾府看作一个集团化的企业，那么，其中的每个人则相当于其中的一员。我们且不论他们谁是主子，谁又是奴才，都统一作为员工来评述，且将这一职场命名为红楼职场。

之所以将贾府看作是个集团化的企业，是因为在《红楼梦》中贾府共有两府：宁国府与荣国府。通常情况下，两府的财政各自独立核算，都是独立的法人机构，但在遇到某些涉及集体荣誉和利益的时候，两府则又合署办公了，譬如年终的祭祀大典，元妃省亲的接驾工作，以及逢年过节的各项庆祝娱乐活动。

在行政职能划分上，两府亦难免有所交叉、重叠之处。整个贾氏宗族的族长是宁国府的贾珍，但宁、荣二府现存辈分最高、最有威慑力的则是荣国府的史老太君。而且荣国府的长子贾赦不但比族长贾珍的辈分高，所承袭的官方职位也高于贾珍。贾赦承袭的是一等将军之职，贾珍则是三品爵威烈将军。荣国府的贾赦之子贾琏捐的是个五品的同知，宁国府贾珍之子也捐了个五品龙禁尉，但这五品同知和五品龙禁尉虽说品级相同，但龙禁尉显然更稀松平常些，不然那位戴内相也不会一开口便说："如今三百员龙禁尉，短了两员。"女眷们的职称，荣国府也高了宁国府一筹。宁国府只有贾珍之妻尤氏是有诰封的，荣国府则除了贾母外，贾赦之妻邢氏、贾政之妻王氏皆是有品有诰封的，更别说那位贾元妃了。

虽然论官方地位宁国府稍逊荣国府一筹，但在家族内部，宁国府的地位显然是高于荣国府的，始终是以长房的姿态存在。贾府的宗祠设在宁国府西边的一个院子之内，主祭也是由宁国府的贾敬担任；年终的福利发放，则是由宁国府的贾珍主持。当然，前面已经说了，两府都是独立核算的法人，但是贾珍作为族长，他的东西是要分给族中"那些闲着无事的无进益的小叔叔、小兄弟们"的，并不仅仅针对宁国府的人。

荣国府的大小姐贾元春虽然贵为皇妃，但她需要人替她打醮祈福时，还是得请宁国府的"珍大爷领着众位爷们跪香拜佛"，方才显得郑重其事。就连打造省亲别墅也是由贾珍挂名工作组组长之职,负责干实事的贾琏只好屈居副组长之职。为什么这么说呢?本来元春省亲是荣国府的事,但事关家族荣誉,两府自然合署办公了。"贾政不惯俗务,只凭贾赦、贾珍、贾琏、赖大、来升、林之孝、吴新登、詹光、程日兴等些人安插摆布",而"贾赦只在家高卧,有芥豆之事,贾珍等或自去回明,或写略节;或有话说,便传呼贾琏、赖大等领命"。

由此,我们可以看出关于元妃省亲的接待工作,两府是成立了一个专门的工作领导小组的:名誉总指挥显然是贾政与贾赦,组长为贾珍,副组长为贾琏。可是,为什么说贾珍这个组长也是个挂名的呢?在原著第十七回中,贾政进园视察工作,"只见贾珍带领许多执事人来,一旁侍立"。可是当贾政问到具体工作内容时,贾珍却只能回说:"帐幔帘子,昨日听见琏兄弟说,还不全。""想必昨日得了一半。"贾政听了,"便知此事不是贾珍的首尾,便命人去唤贾琏赶来"。贾琏来了,从靴筒内取出一个纸折略节来,一一回明。

说到此处,不得不说一说贾府的股东会成员了。除了上文所提到的宁国府贾珍、尤氏夫妇,当然还有贾珍之子贾蓉夫妇；荣国府的史老太君及她的两个儿子贾赦与贾政，还有他们的媳妇邢氏与王氏，再下来便是贾琏与王熙凤、贾琮、贾宝玉、贾环、贾兰和李纨。众所周知的那几位小姐是不能算作股东会成员的，她们只能在出嫁时带个万儿八千的陪嫁给娘家壮壮门面，同时也可作为自己将来在婆家的私房钱而已。

由于宁国府是个独立的法人机构，《红楼梦》的主要故事情节又大多发生在荣国府内，所以本书只为荣国府设置了董事会，而将宁国府的四位股东全都放入了监事会，包括贾政的两个小妾赵姨娘、周姨娘也一并做了监事会成员。为什么将赵姨娘她们也纳入监事会呢？

在原著第二十回中，凤姐因为听见赵姨娘骂贾环，当即便训斥赵姨娘说："他现是主子，不好了，横竖有教导他的人，与你什么相干！"言下之意很明白，贾环是主子，赵姨娘是奴才。而且在称谓上，赵姨娘是和凤姐、李纨一个级别的，都被称作"奶奶"。但是这只是贾府的内部规定而已，并不符合国家相关法律法规。从法律角度说，赵姨娘是脱了奴籍的，也是主子。周姨娘也一样。倒是像平儿这样的通房丫头，权力再大，威望再高，从法律条文来讲她也还只是个奴才。而且赵姨娘还是贾政了解内宅事务的最主要信息来源，所以将她放在了监事会内。将周姨娘也纳入监事会则纯属为了一碗水端平，顺带着将她也放了进去。这就如同有些企事业单位一样，总有些科室有些人的存在只是为了起到某种平衡作用而已。

至于贾赦与贾珍那些个知名或不知名的姬妾，本书就忽略不计了。

荣国府的监事会主席理所当然由贾母担任。但从其身份、地位以及年龄来说，她也只好算是个名誉主席，真正的监事长其实应该是贾赦。照理贾赦才应该是荣国府的董事长，但是他承袭了祖上的爵位，老太太为了平衡家庭关系，就让二儿子贾政做了董事长，但事实上贾政并"不惯俗务"，所以这个董事长只好算个名誉董事长，他的夫人王氏才是真正的董事长。

可是王氏也并未真正地实施董事长的职权，而是另聘了贾赦的儿子、儿媳妇作为执行董事，两人一个主外，一个主内。这样的格局，表面看来是为了家庭内部利益的均衡，实际上贾赦的儿媳妇如果不是王夫人的内侄女王熙凤，她就算是再能干，这个执行董事也轮不到她当。同样，如果王夫人不是那位九省都检点王子腾的胞妹，荣国府的董事长也轮不上她来做。

那么荣国府的董事会有哪些成员呢？除了名誉董事长贾政、董事长王夫人以及执行董事贾琏夫妇外，李纨、探春应该也算是董事会成员之一。公司董事由股东选举产生，所以贾宝玉、贾环、贾琮、迎春和惜春这几位肯定是不可能被选入董事会的。至于薛宝钗和林黛玉之流，就算是被选中了，也是不可能就职去瞎掺和的。倒是那位皇妃贾元春，可算是个独立董事，因为她虽是个嫁出门的姑娘，但位高权重，在娘家还是有绝对的话语权的。

另外，诸位也别忘了那位远在城外玄真观里只一味和道士们"胡羼"的贾敬，那位老先生其实远非贾府众子弟可比，唯一能和他相提并论的恐怕也只有贾政了，而且若较起真来，贾政还未必及他呢！贾政只是"自幼酷喜读书"，原计划是"欲以科甲出身"，但实质上是皇上悯恤先臣，额外给了荣国府一个行政编制的名额，而贾敬则是正经乙卯科进士。不过这哥们儿究竟是因为什么被削去功名而变成一介白丁的，可就无从知晓了，本书也不深究。只因贾府除夕祭宗祠时他是主祭，而且因为给他祝寿引出了贾瑞之死，又因为给他办丧事引出了著名的"红楼二尤"的故事，所以虽然他远在城外，实在是不容忽视，且将他也算作一名独立董事吧。

当然，读者诸君亦不必用《公司法》的相关规定来衡量元春与贾敬二人是否具备担任独立董事的资格。其实，不仅仅是他俩，本书所涉及的一应岗位的合法性一概不必较真，因为这些纯粹是为了品评红楼而设。

《红楼梦》的故事以描述内宅场景为主，尤以大观园为主，所以下文细分组织内部结构以及评议相关人员时，便以大观园为主，故将王熙凤设为执行总裁，同时给她的大丫头平儿安了个总裁助理的岗位。至于后来有探春、李纨、宝钗等人持家一节，便只好将她们叫作代理CEO了。

既然是围绕大观园来展开评述，又将王熙凤设为执行总裁，那下设的部门便只能是那几处有人居住的场所了。只可惜除了稻香村有几亩地，其余的都不是创收赢利的单位，均属二线行政部门。只有王熙凤每个月会将内宅人等的月例钱拿出去放高利贷，还能有个收益，可惜所得收入并不归公，而是入了凤姐私囊了。至于这一项到底所得是多少，书中并未明说，只有两处暗示：一是第十一回，旺儿媳妇送了三百两银子的利钱来；二是

第三十九回，平儿告诉袭人："只拿着这一项银子翻出有几百来了。"究竟是几百，姑且不论，只说这一项银子乃是凤姐从贾琏总管的公账中预支出来的，她的这一行径绝对算是以权谋私。

说到此处，不由想起现代企业中此等行为实属寻常。尤其是如今有了信用卡这个玩意儿，二线行政部门便时有所谓的聪明人会钻管理的漏洞，从财务部门预支出各种名目的经费来，存入自己银行账户内，酌情买入一些理财产品，坐吃利息，若需采购花钱时则刷自己的信用卡，同时还可积分换礼品。事虽不大，但日积月累，企业非但经济受损，风气还日益败坏。毕竟如今的人都很"聪明"，学好千日难，学坏一时易。唯愿读者诸君自省。

闲话少说。接着说荣国府里的部门划分事宜，还是说凤姐。凤姐不同于贾琏，贾琏是有明确的办公地点的——外书房，而凤姐的主要办公场所应该就是她的住处，位于王夫人居所后面往西不远处，而王夫人的办公场所自然也就是她的住处——荣国府"正经正内室"。这样的安排倒也合理，总裁和董事长的办公室相距不远，便于沟通。所以便将凤姐与王夫人两处作为两个部门好了。

很多时候内宅的工作安排都在贾母处进行，所以贾母处我们也将其作为一个部门。然后依次是贾宝玉的怡红院、林黛玉的潇湘馆、薛宝钗的蘅芜苑、迎春的紫菱洲、探春的秋爽斋、惜春的藕香榭、李纨的稻香村、妙玉的栊翠庵，还有那个几易其主的梨香院。当然也不能漏掉监事长的所在地——贾赦的别院。另有两处也不得不提，因为那里也是有戏码存在的：一是后来居所不甚明了的薛姨妈家，二就是宁国府了。

当然一线的经营单位我们也是要聊一聊的，所以此处就一并将贾琏的办公地点——外书房，以及贾政的办公室——大书房，全部都罗列出来。不过贾政的大书房应该不是个经营场所，它更像是一个企业的公关部，或者叫企划部。此外，宁国府由于原著中的故事情节有限，本书就不去细分它那儿的一线和二线单位了。

再就是书中的几处外场合作单位，也一并介绍一下。

下面，我们将依据这几处所发生的相关事件以及所涉及的人员，来聊一聊红楼职场的是非恩怨、对错得失。

第二章

荣国府的黄埔军校

在第一章中,我们将贾府各个部门大致梳理了一遍。本章首先就要从贾母处说起。贾母这地方,堪称是荣国府的黄埔军校,大观园里的知名职业经理人大都从这里起步。

第一节　监事会秘书鸳鸯

贾母这个老太太，用刘姥姥的话来说"生来就是享福的"人。她出身高贵，是金陵世勋史侯家的小姐，不过其实曹公并未在书中明确交代贾母的娘家到底是个什么官职，只是在葫芦庙还俗的小沙弥所充当的门子所提供的一份"护官符"中说了一句："阿房宫，三百里，住不下金陵一个史。"曹公以此照应前文冷子兴所说的史侯。读者是从脂砚斋的点评中方才了解到这位史侯的详情，即"保龄侯尚书令史公"。这位史家小姐嫁给了荣国公的长子贾代善为妻，虽说是从做重孙媳妇熬到自己也有了重孙媳妇，大风大浪经历了不少，但对于她这一生，毕竟还是富贵长存，荣华未改。

老太太可不仅仅是只会赏花赏月赏音乐，品茶评书品装修，更重要的是有一双识人的慧眼，还很注重人才的储备与培养，而且敢于大胆起用新人，给新人独当一面的机会。要不王熙凤怎么说："谁教老太太会调理人，调理得水葱儿似的，怎么怨得人要？我幸亏是孙子媳妇，我若是孙子，我早要了，还等到这会子呢。"贾母亲手调教出来的大观园丫头群里的无冕之王鸳鸯，虽然相貌平平，不过是个"蜂腰削背，鸭蛋脸面，乌油头发，高高的鼻子，两边腮上微微几点雀斑"的长相一般的普通人，但是思路清晰、博闻强记、心细如发、见识不凡，其出类拔萃的工作能力得到了大观园内外人等的一致认同，这也必然成为鸳鸯职业生涯的核心竞争力。

与此类似，人家金鸳鸯同志能在大观园里混得风生水起，靠的可不是哪位爷们儿的宠爱，人家是实力派的。因此她在拒绝贾赦时就曾骂她的嫂子："怪道成日家羡慕人家女儿做了小老婆了，一家子都仗着她横行霸道的，一家子都成了小老婆了！看得眼热了，也把我送在火坑里去。我若得脸呢，你们外头横行霸道，自己就封了自己是舅爷了。我若不得脸败了时，你们把忘八脖子一缩，生死由我去。"

这段话又何尝不是贾元春处境的真实写照呢？！当听说贾元春被晋封为凤藻宫尚书、加封贤德妃时，"贾母等听了方心神安定，不免又都洋洋喜气盈腮"。"宁、荣两处上下里外，莫不欣然踊跃，个个面上皆有得意之状，言笑鼎沸不绝。"王熙凤见了贾琏也忍不住私下里笑道："国舅老爷大喜！国舅老爷一路风尘辛苦。"

其实管他什么妃，还不都是皇帝的小老婆罢了！所以元春省亲时才会自己悲叹道："当日既送我到那不得见人的去处，好容易今日回家，娘儿们一会，不说说笑笑，反倒哭起来。一会子我去了，又不知多早晚才来！"说完这句话，元春不禁又哽咽起来。这情形和鸳鸯所说何其相似？！来日元春"虎兕相逢大梦归"时，贾府众人又有谁能伸手拉她一把呢？还不都像鸳鸯所说的那样，"把忘八脖子一缩"，生死由她去了？！

而且在袭人和平儿安慰鸳鸯的时候，鸳鸯说的话也是振聋发聩的："你们自为都有了结果了，将来都是做姨娘的。据我看，天下的事未必都遂心如意。你们且收着些儿，别忒乐过了头儿！"只可惜袭人和平儿都身在局中，未能了悟。

这样一个卓有见识且口齿伶俐的鸳鸯在日常工作中却并不是整天口若悬河地纸上谈兵，而是一步一个脚印，勤勤恳恳地办实事的。贾母在批评邢夫人时就说道："如今你也想，你兄弟媳妇本来老实，又生得多病多痛的，上上下下哪不是她操心？你一个媳妇虽然帮着，也是天天丢下笆儿弄扫帚。凡百事情，我如今都自己减了。她们两个就有一些不到的去处，有鸳鸯，那孩子还细心些，我的事情她还想着一点子：该要去的，她就要了来了；该添什么的，她就度空儿告诉她们添了。鸳鸯再不这样，她娘儿两个，里头外头，大的小的，哪里不忽略一点半点，我如今反倒自己操心去不成？还是天天盘算和你们要东西去？我这屋里有的没的，剩了她一个，年纪还大些，我凡百的脾气性格儿她还知道些。"不过，下面这段话才更充分地体现了鸳鸯不可撼动的"丫头王"地位："她还投主子们的缘法，她也并不指着我和这位太太要衣裳去，又和那位奶奶要银子去。所以这几年一应事情，她都料理，从你小婶和你媳妇起，以至家中大大小小，没有不信的。所以不单我得靠，连你小婶和你媳妇也都省心。"可见鸳鸯不单单是贾母的贴身秘书，同时也是王夫人和凤姐的得力助手。

贾母不仅在生活上依赖鸳鸯，就连日常的娱乐活动也离不开她。贾母宴请刘姥姥，想要行个酒令开心一下时，凤姐赶忙笑道："既行令，还叫鸳鸯姐姐来行便好。"为什么呀？因为"众人都知贾母所行之令必得鸳鸯提着"。其实何止贾母，连薛姨妈也得鸳鸯提着才能勉强凑合玩玩。这一场景，曹公写得极其传神且细致入微。在下所指"细致入微"，并不是说他将每个人说的话都一一记录了下来，而是他将听众的反应恰如其分地写了出来：贾母说完，"大家笑着喝彩"；薛姨妈说完，"大家称赏"；而湘云、宝钗、黛玉等人的真正该喝彩、该称赏的，反倒平平掠过。人情世故于字里行间跃然纸上，却并未明写一笔。

另外此处有个细节，诸位莫要错过："至王夫人，鸳鸯代说了。"王夫人为什么没说？是为了维护董事长的光辉形象吗？肯定不是。那就只有一个答案：不会。这不会就有两种可能了：一是压根儿不识字，玩不了；二是为人实在无趣，连贾母这样的老太太都会玩的游戏都不会。

还是回到鸳鸯身上，这样的秘书谁不喜欢？难怪贾母要说："你们就弄她那么大一个珍珠人来，不会说话也是无用。"千金不换，这就是贾母的态度。不，准确说是万金不换："我正要打发人和你老爷说去，她要什么人，我这里有钱，叫他只管一万八千的买去，我只要这个丫头。"

　　看来无论男女老幼,财务自由真的至关重要。贾老太太就是这么牛!有钱!任性!

第二节　不辨阴阳的翠缕

贾母身边有个名叫珍珠的丫头，跟了贾宝玉以后改名叫袭人。她原是伺候史湘云的，因为史湘云的母亲没了，她回家去住了一阵子，贾母就把袭人给了贾宝玉了。翠缕应该是接了袭人的岗位伺候史湘云的。

说到此处，在下心中有个疑问：这史湘云究竟是正出还是庶出呢？书中没有明文交代，但就在史湘云和袭人回忆从前时，史湘云说："你还说呢，那会子咱们那么好，后来我们太太没了，我家去住了一程子，怎么就把你派了跟二哥哥。"虽然贾宝玉有时也称王夫人"太太"，但是如果王夫人死了，他再提到，从人情角度来说，不应该还称"太太"，毕竟太过生分，也太官样化了。提到自己去世的生母本应心怀思念，越发要称呼得亲切才是人之常情。例如，林黛玉想到贾敏，心里想的是"母亲"这个称谓,薛宝钗称呼薛姨妈是直接叫"妈"的,连贾环提到赵姨娘都称"我母亲"。为什么史湘云这么一个小姑娘提到自己去世的母亲反而用了"太太"这等官样化的称呼呢?而且还是"我们太太"?

原著中并未提及史湘云还有其他的同胞兄弟或姐妹,这"我们"自然就不是她一人独有,而是与人共有的意思了。所以,除非她是个庶女,提到嫡母自然是要称"太太"的,以示尊重。这倒叫人想起袭人的话来:"你还说呢,先姐姐长、姐姐短哄着我替你梳头洗脸,做这个,弄那个;如今大了,就拿出小姐的款来。你既拿小姐的款,我怎么敢亲近呢?"如果湘云是正经八百的正牌小姐,她有什么必要得"拿出小姐的款来"呢?她本来就是啊!袭人这么懂规矩的人,又怎么可能说这样的话呢?只有探春才会时不时地强调一下自己是正经主子,是小姐,诸位什么时候看见林黛玉和薛宝钗如此反复强调呢?!不过,既然曹公没有明说,我辈也就只能胡乱猜测一下而已了。

所以还是接着说翠缕吧。在原著第三十一回中,曹公特意安排了一个场景:翠缕分不清阴阳,和史湘云两个长篇大论地从天地日月星辰论到花鸟鱼虫，最终落到史湘云腰间挂着的金麒麟上，从而联系到"人"身上。正说着便看见了贾宝玉失落的从张道士处得来的金麒麟，翠缕"忙赶上拾在手里攥着，笑道：'可分出阴、阳来了。'说着，先拿史湘云的麒麟瞧。史湘云要她拣的瞧，翠缕只管不放手，笑道：'是件宝贝，姑娘瞧不得。这是从哪里来的？好奇怪！我从来在这里，没见有人有这个。'湘云道：'拿来我瞧瞧。'翠缕将手一撒，笑道：'请看。'湘云举目一验，却是文采辉煌的一个金麒麟，比自己佩的又大又有文采。湘云伸手擎在掌上，只是默默不语"。这一大段文字可以说是翠缕在书中说话最多的地方，所以来日史湘云的麒麟成双之时必定是有翠缕在场的。同时，这一大段文字将史湘云主仆二人天真率直的性情都给描画了出来，读之着实是让人忍俊不禁，回回都笑出声来。

她主仆二人看见一株长势喜人的石榴树，史湘云便随口感慨说："花草也是同人一样，气脉充足，长得就好。"此处且不论这石榴树"楼子上起楼子"和元春怀孕是否有关联，因为元春的判词里有这么一句话"榴花开处照宫闱"，我们只论翠缕的天真烂漫处。她听了史湘云的话后,"把脸一扭",估计还得将小嘴一撇,不屑道:"我不信这话。若说同人一样,我怎么不见头上又长出一个头来的人?"史湘云听了忍不住笑道:"我说你不用说话,你偏好说。"

读到此处,诸位是不是和我一样想起了香菱学诗那一节来了?

如今香菱正满心满意只想作诗,又不敢罗唣宝钗。可巧来了个史湘云。那史湘云又是极爱说话的,哪里禁得起香菱又请教她谈诗,越发高兴起来,便没昼没夜高谈阔论起来。她倒还叫别人不说话,岂不知正如王熙凤所说:"好丫头,真是有其主必有其仆。"

且看这主仆二人的对话——

说着说着,湘云便道:"糊涂东西,越说越放屁。"当说到金麒麟时,翠缕干脆不耐烦再文绉绉地论什么"阴、阳、雌、雄"了,直接就问:"这是公的,到底是母的呢?"史湘云啐了她一口说:"下流东西,好生走罢!越说越说出好的来了!"翠缕根本不在乎,依旧笑道:"这有什么不告诉我的呢?我也知道了,不用难我。"

主仆二人又扯了几句,翠缕摆出一副顿悟的样子来反问史湘云:"人规矩,主子为'阳',奴才为'阴'。我连这个大道理也不懂得?"史湘云笑了,一众读者也早已笑得不行了,不由得皆点头笑道:"你很懂得。"

史湘云主仆的对话和林黛玉主仆二人的对话风格截然不同。林黛玉和紫鹃的对话大多是客客气气、尊卑有序,且有时候还需要字斟句酌,而史湘云主仆则是兴之所至,随心所欲,畅所欲言。倒也十分快哉!

提到史湘云,不得不说一说贾母的娘家——金陵世勋史侯家。相信诸位读者都知道,这世袭的爵位是要逐辈递减的,以贾府为例:荣国公的爵位到了孙子贾赦头上,是一等将军,而宁国公的爵位到了重孙子贾珍那儿就是三品爵威烈将军了。史湘云和贾珍平辈,她的叔叔们自然与贾赦平辈,但是她的两个叔叔却都是侯爵,一个是保龄侯,一个是忠靖侯。也就是说,史家的爵位传到了第三代一点没降,还多出了一个来。

书中另有一家也有着类似情形:当年的四王八公,

"惟北静王功高,及今子孙犹袭王爵"。想来当年贾母的父亲也极有可能功劳不小,所以保龄侯的爵位沿袭了下来,但是忠靖侯则一定是后来史鼎通过自身的努力获得的。

"忠",忠心、忠诚也。"靖",则有匡扶、平乱之意。如同朝还有一位"忠"字打头的王爷,就是王子腾的政敌——忠顺王。忠顺王府的长史官来找贾宝玉讨要琪官。贾政听禀,第一反应就是:

心下疑惑,暗暗思忖道:"素日并不与忠顺府来往,为什么今日打发人来?"

同朝为官,无非左、中、右三派。有王子腾在,贾政想要做中间派是根本不可能的,所以和忠顺王府素无来往就只能有一个原因,两家不是一派的。而皇上给出的封号那也不是随心所欲、张口就来的,必定也是有其深意的。也许皇帝觉得史家兄弟尚可一用,希望他们不要像贾氏子弟那样单靠吃老本,而是要多与忠顺王之流亲近呢?!这忠顺王并不在四王八公之列,想必也是自己搏来的富贵。

所以诸位再细想想，是不是发现史家除了贾府发生了重大事件，诸如"冢孙妇告殂"之类的事件，平时就只有史湘云常来常往荣国府，其余人等几乎很少出现，并不像王子腾府上那样，同贾府你来我往，走动频繁。

而且这样坐拥两位侯爷的府邸居然"家里嫌费用大，竟不用那些针线上的人，差不多的东西都是她们娘儿们动手"。这就太不合乎逻辑了。根据贾母的回忆和老太太所拥有的享受生活的各种审美情趣，以及"护官符"所载的"阿房宫，三百里，住不下金陵一个史"，这样赫赫扬扬的史家怎么可能就到了要省几个针线上的人工钱的地步了？诸位一定都还记得在秦可卿的葬礼上所传来的"喝道之声，原来是忠靖侯史鼎的夫人来了"。出场这么威风的女士，原著也就描述了一个贾皇妃，再就是这位忠靖侯夫人了。这些个喝道之人的工资待遇肯定不会比针线上的女人低，哪里省不出那几个针线活儿的钱呢！所以就只能有如下两种解释：

一、故意的。故意在这种小事上沽名钓誉，博个勤俭持家的美名。只是苦了不名就里的小可怜史湘云了。和薛宝钗闲聊几句，"见没人在跟前，她就说家里累得很"。再和她说两句家常过日子的话，"就连眼圈儿都红了，口里含含糊糊，待说不说的"。家里来人接时，她也是依依不舍地叫贾宝玉务必记得提醒贾母早日派人去把自己接回来。

二、安全起见。书中只说了史家省了针线上的人工，其余的工作岗位上是不是也尽量少用外人呢？这个我们就无从得知了。为什么要这么做呢？现实生活中某些官员的做派，诸位想必均能体会。

所以忠靖侯与忠顺王之间即便没有往来，很可能忠靖侯也不想让忠顺王觉得自己和贾府走得太近。又或者两位史侯打从心眼里就瞧不上贾府那帮子弟，因为他们根本就不是一路人。贾府那两位袭爵的，成天有泡不完的各种假，而史府的两位可是有实职的，并不仅仅是虚衔。在原著第四十九回中，保龄侯史鼐便被放了外任大员，人家和王子腾一样，都是替皇上办实事的人。

关于史鼐和史鼎谁兄谁弟的问题，我个人是倾向于史鼐为兄的，毕竟他俩都是保龄侯尚书令史公之后，由长子袭爵理所应当。当然也不排除史湘云她爸是老大，结果早逝了，所以就由她的二叔史鼐袭了爵位，这和她平时口中的"二婶婶"也比较吻合，而且这和"保龄侯史鼐又迁委了外任大员，不日要带了家眷去上任。贾母因舍不得湘云，便留下她了，接到家中"也能够呼应得上。只是这史鼐的名字只在第四十九回出现过一次，其余的都是忠靖侯史鼎的名字，所以读者很容易会认为史湘云平时是跟着史鼎生活的。到底史湘云跟着哪个叔叔过活的，本书就不深究了，由她去吧！

倒是这个保龄侯的称谓需要多费几句口舌。原著第七十回提到"偏生近日王子腾之女许与保宁侯之子为妻，择于五月初十日过门"。有学者认为这是四大家族的又一次联姻，这个保宁侯就是史鼐，而且以王子腾夫人请王熙凤过府去帮忙时书中的一段文字为依据："贾母和王夫人命宝玉、探春、林黛玉、宝钗四人同凤姐去。"为什么以这句话为依据呢？这位学者认为：此时史湘云是在贾府的，可是贾母却没让史湘云同去，这是因为如果王子腾的女儿嫁入史府，史湘云就是小姑子了，所以婚前要避一避。所以这个"宁"字实属后人抄录过程中产生的笔误。

在下于此处提出这个问题，自然就是持不同观点的意思，理由如下。

一、那位保龄侯史鼐迁委外任之际应该是在冬季，因为著名的"芦雪庵争联即景诗"就发生在那个时候，然后就是"宁国府除夕祭宗祠"。过了元宵，凤姐小月，探春开始理事。这期间冷遁了柳湘莲，剑刎了尤三姐，金逝了尤二姐，气病了柳五儿。也就是过去了一年，翻过年来的三月初五。这一日提到了王子腾嫁女一事。据《皇朝文献通考》记载，清代对外官的考核制度分为三类，在内曰京察，在外曰大计，各以三年为期；武职曰军政，以五年为期。虽然对于知县这一级的任期目前专家们存在不同的意见，但是对于其他职位的任期目前似乎并无异议。保龄侯史鼐即便不是个武职，但也是一个钦点的外任大员。他可不是像贾政点了学差那样出趟差而已，而是携了家眷去上任的。如果没有突发事件，他是不可能只去了一年多一点点就回京的。如果真是那样，那他更不可能回来后的第一件事情就是忙着娶儿媳妇了。

二、诸位莫忘了原著第五十七回薛姨妈定了邢岫烟为媳，邢夫人打算将邢岫烟接出去住。贾母说："这又何妨，两个孩子又不能见面，就是姨太太和她一个大姑子，一个小姑子，又何妨？况且都是女儿，正好亲香呢。"难道说贾母面对自己娘家的侄孙子或是儿媳妇的侄女儿就改了人生观、价值观了？史湘云和王子腾的女儿便不能见面了，便不可亲香了？

所以，我认为这个保宁侯另有其人，与史鼐那个保龄侯不可混为一谈。

因为聊翠缕，扯出了这许多老史家的事来，下面就来说说监事会派出的另一名特派员紫鹃吧。

第三节　特派员紫鹃

紫鹃原名鹦哥,跟了黛玉以后改名紫鹃。贾母为什么要委派紫鹃去照顾林黛玉呢?只因林黛玉带来的两个人,一个是奶娘王嬷嬷,一个是只有十岁的雪雁,实在是让贾母放心不下,而紫鹃恰是个"素日伶俐"的,又是贾母自己培养出来的嫡系,这才将她指派给了心肝宝贝林黛玉。每读至此处,心中总难免有些疑虑:那林家也是钟鼎之家,四世封袭,林如海本人还是个探花郎,又是现任的巡盐御史,而贾敏的家世就更不用说了,连王夫人都感慨万千地赞叹"是何等地金尊玉贵"!出嫁时陪嫁的丫头婆子自然少不了,怎么这人一死,剩下的"如珍"独女从扬州到京都,千里迢迢就只带了一个奶娘和一个十岁的小丫头,何等地寒酸凄凉!真不知这林御史大人是怎么想的!唉!

还是接着说紫鹃吧！紫鹃果然也未辜负贾母的期望。大观园里的大丫头们基本上都是和主子一条心的，虽说照顾好林黛玉是紫鹃的职责所在，但是细细想来，袭人对贾宝玉的那一份精心，大观园里也只有紫鹃能和她相提并论。林黛玉到薛姨妈家玩的时间稍微长了一点，紫鹃都打发雪雁送个小手炉过去，这和袭人看见贾宝玉出门不带扇子追出来送扇子如出一辙。当然鸳鸯和她俩比起来也毫不逊色，贾母赏月晚了些，她便备好了软巾兜和大斗篷送了去。但是若论起忠心无私来，恐怕没有谁能超越紫鹃。

紫鹃从不怀疑林黛玉对自己也是一片至诚，所以眼看着林黛玉天天地为着"不放心"而日思夜虑，她心里自然而然地也便跟着焦虑不安，于是便有了"慧紫鹃情词试宝玉"这么一出戏，闹得沸沸扬扬。等贾宝玉平静下来，问她为什么要这么做，她说："你知道，我不是林家的人，我也和鸳鸯、袭人是一样的，偏把我给了林姑娘使。偏生她又和我极好，比她苏州带来的好十倍，一刻半刻我们两个离不开。我如今心里都愁，她倘或要去了，我必要跟了去的。我是合家在这里，我若不去，辜负了我们素日的情肠；若去，又弃了本家。所以我疑惑，故说出这谎话来问你。"

安抚完了贾宝玉，回到潇湘馆后，紫鹃就喜滋滋地向黛玉报喜："宝玉的心倒实，听见咱们去就那样起来。"林黛玉嘴上不答，其实心里自然是欢喜的。她整天不是指东就是比西，也不过就是为了试探贾宝玉的心，只是不好意思像紫鹃这样单刀直入，一下子便达到了目的。由此可见，上下级之间以诚相待至关重要，否则很难做到劲往一处使，力往一处用。

紫鹃替黛玉思虑得可谓周全。她认为黛玉将来的终身大事第一要紧的就是："最难得的是从小儿一处长大的，脾气性格都彼此知道的了。"其次因为黛玉既无父母也无兄弟，只有贾母是她的唯一靠山，如果不趁着贾母健在，将大局确定下来，黛玉的未来实在堪忧："公子王孙虽多，哪一个不是三房五妾，今儿朝东，明儿朝西？""若娘家有人有势的还好些，若是姑娘这样的人，有老太太一日还好，若没了老太太，也只好凭人欺负罢了。"这些话，句句都打在了黛玉的心坎儿上，嘴上责怪她胡言乱语，"心内未尝不伤感"，因此待紫鹃睡了，自己直哭了一夜。

这紫鹃办事可是极有恒心的，并不是一时心血来潮、说完拉倒。黛玉的婚姻大事时刻萦绕在她的心头。所以当薛姨妈开玩笑要将黛玉说给宝玉时,她立刻跑到跟前说:"姨太太既有这个主意,为什么不和老太太说去?"她满心期望薛姨妈能像操持邢岫烟的婚事那样,趁热打铁,一气呵成,谁知薛姨妈话锋一转:"你这孩子,急什么,想必催着你姑娘出了阁,你也要早些寻一个小婿子去了。"一句话便叫紫鹃没办法再接茬。但是林黛玉的心思岂止紫鹃知道,潇湘馆的员工们大约心里都有数,所以紫鹃一个小姑娘没法接茬,婆子们立刻便将话茬接了过去:"姨太太虽是玩话,却倒也不差呢。闲了时,和我们老太太商议商议,姨太太竟做媒保成这门亲事,是千妥万妥的。"薛姨妈嘴上答应"我一出这主意,老太太必喜欢的",行动上却再没了下文。

一个好员工,除了能为领导分忧解愁外,领导有了错误,能够勇于指出且帮助领导改正错误也是一个好员工的必备素质呢!紫鹃就是这样的好员工。

林黛玉和贾宝玉闹意见时,小脾气上来,大哭大闹,把自己弄吐了。紫鹃便劝她:"虽然生气,姑娘到底也该保重着。才吃了药好些,这会子因和宝二爷拌嘴,又吐出来。倘或犯了病,宝二爷怎么过得去呢?"

贾宝玉听了这话，分明是说到自己的心坎儿上了，心中不由感佩不已。事后无人时，紫鹃又和黛玉谈心，指出黛玉之过："论前日这事，竟是姑娘太浮躁了些。"黛玉不服，紫鹃笑说："好好的，为什么又剪了那穗子？岂不是宝玉只有三分不是，姑娘倒有七分不是。我看他素日在姑娘身上就好，皆因姑娘小性儿，常要歪派他，才这么样。"

紫鹃的工作方式方法是否值得我辈学习呢？事情正闹得不可开交时，谁对谁错，不论也罢。等当事人冷静下来了，再来一一分说，这时候说的话才能事半功倍。

紫鹃和林黛玉正说着话呢，贾宝玉来叫门。林黛玉继续耍小脾气，不让开门。紫鹃笑说："姑娘又不是了。这么热天毒日头地下，晒坏了他如何使得呢！"说着便自去开了门放宝玉进来。这么个小细节，我们可以看出，且不论紫鹃和林黛玉的主仆关系，她们甚至早已超越了同事关系了，她们是真正的闺蜜。这样的闺蜜谁不想要一个呢？！

这样的紫鹃，难怪贾宝玉也要感慨万千了："好丫头，'若共你多情小姐同鸳帐，怎舍得你叠被铺床？'"

贾母除了培养并使用了鸳鸯、袭人、翠缕、紫鹃几位个顶个牛的职业经理人外,晴雯也是她一手培养并提拔且委以重任、寄予厚望的。下一章,我们将着重聊一聊晴雯所在的部门——怡红院。

第三章

怡红院

本章要来聊聊贾府的"凤凰"贾宝玉所在的部门——怡红院。

"差轻人多",是这个部门最大的特点。那么多人,只好挑几个代表出来说说,其余打酱油、跑龙套之类的便由他去了。

第一节　经理袭人

众所周知，怡红院"差轻人多"，而人浮于事恰恰是企业管理之大忌。怡红院无用的杂事最多，其所引发的事件也是层出不穷。

单只"差轻人多"这四个字，便引得厨房的柳嫂子一心想将女儿柳五儿弄进怡红院，于是一门心思巴结怡红院的几个在宝玉跟前说得上话的大丫头，最终引起了迎春的大丫头司棋的不满。因为一碗蒸鸡蛋，司棋带了一帮子人将厨房砸了个稀烂。也正因为想让柳五儿进怡红院，最终"玫瑰露引来茯苓霜"，害得柳五儿被当成偷盗嫌疑犯关了一夜，最终是怎么死的本书不予深究，只听王夫人说了句"幸而那丫头短命死了"。

怡红院"差轻人多"，其实也给管理者增加了难度。虽然怡红院的部门经理袭人是监事会主席贾母亲自派遣的特派员，连工资也是在贾母处领的，但她并没有精简机构的权力，何况以袭人的性格而言，她既没有这份见识，也没有这份魄力。她的最大特点，也是她的最大优点：忠诚。原著中写道："这袭人有些痴处，服侍贾母时，心中眼中只有一个贾母；今跟了宝玉，心中眼中又只有一个宝玉。"相信当初伺候史湘云时，袭人的"心中眼中亦只有一个史湘云"，否则贾母也不会将她指派给贾宝玉了。所以袭人服侍史湘云的那段时期，可以看作监事会对她所进行的火力侦察，她只有服侍史湘云合格了，才有可能赢来以后的种种机遇和地位。至于她后来屡屡劳烦史湘云干活的事，则又另当别论了。时过境迁，袭人自然也不会一成不变，也就不好妄加评议了。

不过曹公对她的最初评价是八个字："心地纯良，克尽职任。"所以她后来与王夫人的那一番对话"怎么变个法儿以后竟还叫二爷搬出园外来住就好了"，不能仅仅将其看作讨好、告密之类的行径，其实换个角度看，这也是她"克尽职任"的一种体现。

袭人和王夫人说这番话的前提是什么？是贾宝玉刚挨了他爹贾政一顿暴揍之后。贾宝玉因为什么挨的打？是因为忠顺王府为着戏子琪官之事找上门来兴师问罪，恰在此时，贾环又将金钏儿羞愤交加跳井而亡一事归结为贾宝玉强奸不遂密告贾政。贾政忍无可忍，才下了狠手。而在此之前，贾政、王夫人皆不知情的事情，袭人却心知肚明。

头一件便是贾宝玉错将袭人当成林黛玉所进行的真情告白："好妹妹，我的这心事，从来不敢说，今儿我大胆说出来，死也甘心！我为你也弄了一身的病，这里又不敢告诉人，只好掩着。只等你的病好了，只怕我的病才得好呢。睡里梦里也忘不了你！"那个时代，这样的话，袭人听了怎么能不"唬得魂消魄散"呢?！

其次便是史大姑娘给贾宝玉梳头。这在袭人看来是失了"分寸礼节"之举，纯属"没个黑家白日闹的"！也许有的读者会认为袭人这是小题大做，甚至狗胆包天，吃醋吃到主子头上去了，人家林妹妹还没怎么着呢，哪里就轮到她说话了?！诸位，林妹妹之所以和宝哥哥心气相通，是因为他们本就是一类人，并不将世俗礼仪十分看重，心中向往的本就是无拘无束的自由生活啊！这也是他们能和妙玉搞到一起的根本原因啊！"天生成孤癖人皆罕。你道是，啖肉食腥膻，视绮罗俗厌；却不知，太高人愈妒，过洁世同嫌。"这一段判词不独是写给妙玉的，同时也是写给黛玉和宝玉的呀！所以史湘云替贾宝玉梳头这事，根本都不在林黛玉的日常思虑范畴内。

而袭人也并非是小题大做，她的观点刚一出齿就赢得了薛宝钗的共鸣："宝钗听了，心中暗忖道：'倒别看错了这个丫头，听说话，倒有些识见。'"薛宝钗的脾气秉性那是绝对符合当时社会对于女性的标准要求的，可见袭人的想法在宝钗眼里和"吃醋"二字是完全搭不上边的，那叫"有识见"。不仅如此，宝钗又对袭人进行了进一步的深入考察，"慢慢的闲言中套问她年纪家乡等语，留神窥察"，最终得出结论："其言语志量，深可敬爱。"所以我辈千万不能仅以今时今世的视角来评判袭人的言行。

因此，袭人对王夫人建议让贾宝玉搬出园子住，客观来说，的确算得上是条合理化建议。

而且袭人的主人翁意识也极强，这一点可是当真值得当今社会上的许多职业经理人学习的。在原著第三十一回中，袭人与晴雯拌嘴，袭人为了息事宁人，劝晴雯道："好妹妹，你出去逛逛，原是我们的不是。"这"我们的"三个字便是其主人翁意识的体现方式之一。当然书中的情节是因为这三个字激怒了晴雯，又惹出了新的烦恼，但这不是我们想要表述的中心思想，所以此处便忽略不计了。

又原著第十九回，袭人的家人想要赎她回家，袭人不愿意，反借机规劝了贾宝玉一番，其中用到了这样的说辞："我妈自然不敢强。且慢说和她好说，又多给银子；就便不好和她说，一个钱也不给，安心要强留下我，她也不敢不依。但只是咱们家从没干过这倚势仗贵霸道的事。""咱们家"这三个字同样体现了袭人的主人翁意识，而且这一举动恰恰也反映了袭人"克尽职任"的特点。本来因贾宝玉仗着祖母宠溺，放荡弛纵，袭人"每每规劝，宝玉不听，心中着实忧郁"，这回好容易逮着了这么个好时机，赶紧和宝玉谈判，以期达成心愿。

试想，如果现实职场中的经理人们能像袭人这样，将自己的岗位职责时刻挂在心上，不放过完成工作的任何契机，还有什么活儿是干不好的呢?！怕只怕各位经理人"身在曹营心在汉"。这在现实当中屡见不鲜。许多人都将自己那份稳定的职业当成旱涝保收的保险箱，甚至利用工作之便，为家人、朋友乃至自己的副业提供便利。这是个信息大爆炸的时代，互联网为我们提供了各种便利和机会，同时也给那些不能够恪尽职守的人提供了无限的可能。一般的企业是不可能做到掌控员工上网情况的，所以只能指望诸位白领、粉领甚至金领什么的洁身自好了：忙于各类副业的同时，好歹先干好本职工作。倘有余力，干点人畜无害的副业倒也无妨！

总的来说，袭人的性格特征还是比较适合做个部门经理的，尤其是她的事事以身作则，这为她赢得了良好的口碑。不单单是股东们对她好评如潮，如李纨就曾当众夸赞道："这一个小爷屋里要不是袭人的度量，到个什么田地！"董事长王夫人对她的欣赏与重视就更不用说了，就连下属的员工对她也是敬服有加。原著第二十二回贾宝玉和王熙凤被马道婆施法坑了一把，将养了三十三天方才痊愈。怡红院里自然是忙得人仰马翻，事毕各有赏赐，小丫头佳蕙便对小红感慨道："袭人哪怕她得十分儿，也不恼她，原该的。说良心话，谁还敢比她呢？别说她素日殷勤小心，便是不殷勤小心，也拼不得。"

可以说袭人坐镇怡红院虽然不是最佳人选，但基本上还是合格的，日常管理工作也进行得有条不紊。无论是用传统的三百六十度测评方法,还是目前比较流行的MBTI(迈尔斯布里格斯类型指标)测试法,袭人都是经得住反复考核的。当然也不排除有人心中暗自不服,伺机看个笑话,图一乐的。这在企业内部实属寻常,不足为奇,也许这便是职场的劣根性吧!正如原著第三十七回中所描述的那样,当秋纹得了王夫人赏赐的衣裳被晴雯调侃了以后,随口说:"哪怕给这屋里的狗剩下的,我只领太太的恩典,也不犯管别的事。"旁观者听了都笑道:"骂的巧。可不是给了那西洋花点子哈巴儿了。"

读者诸君看到此处不知是否有所感触?这样的场景在日常工作中实在是比比皆是,或者你也曾说过类似秋纹的话,或者你也当过那瞎起哄的旁观者,又或者你和袭人一样被人集体不疼不痒地嘲讽过,膈应得你好几天心情郁闷不已。当然也有可能你是那个像晴雯一样起哄架秧子的始作俑者。

下面,我们便来细细地说说这个自认为自己和袭人平起平坐的怡红院主管晴雯。

第二节　主管晴雯与麝月

晴雯，虽然身份下贱，却是心比天高。这个"贱"字不仅仅是指她是个奴才，因为和她同列"又副册"的袭人也是个奴才，而她却是奴才的奴才，是赖大家送给贾母的礼物，"其先之乡籍姓氏，湮没而莫能考者久矣"。但她偏生得风流俊俏、心灵手巧。照理来说，这样的小姑娘到哪里都应该惹人怜爱才是，可偏偏满园子里除了贾宝玉喜欢她，贾母曾经欣赏她，再就是王熙凤也曾说她："若论众丫头们，共总比起来，都没晴雯生得好。"但王熙凤同时也客观地评价她："论举止言语，她原轻薄些。"其余人等竟是没几个对她有好感的。更别说园内的婆子们了——晴雯简直就是个婆子公敌。当听说她要被逐出大观园时，婆子们皆笑道："阿弥陀佛！今日天睁了眼了，把这个祸害精退送了，大家清净些。"

一个监事会主席贾母亲自委派的,别人的"言谈针线都不及她的"、"将来还可以给宝玉使唤的"、千伶百俐的小姑娘是怎么把自己手里的一副好牌给打烂的?此事说来真叫话长,"冰冻三尺,绝非一日之寒"。

首先我们来分析分析晴雯这个人。她是由监事会主席贾母亲自委派的,执行总裁王熙凤对她的整体印象也不错,她们部门的Boss贾宝玉更是拿她当成手心里的宝。这样的企业政治背景,满园子也找不出几个能与她相提并论的经理人。她本人呢?形象好,业务能力突出,语言表达能力强,观察力细致入微。这样的员工理所应当该在企业内部前程似锦才对,然而她却像我们在职场所遇到的许多"能人"一样,不甘人下,尤其瞧不上自己的顶头上司袭人,而且还当众宣称:"一样这屋里的人,难道谁又比谁高贵些?把好的给她,剩的才给我,我宁可不要,冲撞了太太,我也不受这口气。"坦率说,她这样的人,无论走到哪儿,顶头上司都是她的敌人。并不仅仅因为她的上司是袭人,换成什么麝月、秋纹、碧痕之类的也一样,除了她动不了的股东会、董事会成员,她谁也不服。

原著第五十二回的回目叫作"勇晴雯病补雀金裘",一个"勇"字道破了晴雯失败的关键。有勇而无谋,再加上她"性情爽利,口角锋芒",招人厌烦是迟早的事。不过这样的员工如果把她放在监事会,直接听命于贾母,反而能扬长避短,为企业发展添砖加瓦呢。当然以晴雯的性格,如果真的到了贾母身边,免不了又要和鸳鸯一决高下,但毕竟能让其发挥所长了。晴雯的长处恰恰是观察能力强,可是她的这一特长用对了地方自然是个优点,若是用错了地方,再配上她的"口角锋芒",那真就成了人见人厌的"祸害精"了。而晴雯恰恰就是这么一种"哪壶不开提哪壶"的个性。

要说晴雯,最好是和麝月同时说。两相对比,方可立见高下。

就从上文所提及的秋纹获赏为例说起吧。

晴雯见秋纹得了王夫人两件衣裳喜之不尽,当时便啐道:"呸!没见世面的小蹄子!那是把好的给了人,挑剩下的才给你,你还充有脸呢。"

读者诸君如有企业领导者,看到此处,是否深觉晴雯之可恶?这样的人,待在哪个部门都是个不安定因素。紧接着,晴雯又针对袭人发了一通"谁高谁低"的牢骚。前文已然说过，此处不再赘述。

我们再来看看与此同时麝月的反应。麝月听了先是支使人去干活，缓和了矛盾冲突的气氛。晴雯却不依不饶道："我偏取一遭儿去，是巧宗儿你们都得了，难道不许我得一遭儿？"麝月只得笑道："通共秋丫头得了一遭儿衣裳，哪里今日又可巧，你也遇见找衣裳不成。"话说到此处就便打住，各人的脸面也都过得去了，偏偏晴雯还要卖弄她的"聪明才智"，冷笑道："虽然碰不见衣裳，或者太太看见我勤谨，一个月也把太太的公费里分出二两银子来给我，也定不得。"直接将董事长那点心照不宣的小秘密抖了出来。这还不算完，她还要再追加一句："你们别和我装神弄鬼的，什么事我不知道。"

试问，遇上这样的同事，心中怎一个"烦"字了得？！可见企业实行薪资背靠背制度还是很有必要的，否则像晴雯这样掐尖要强又口无遮拦的员工，哪个企业没几个呀？！更何况，二两银子的事只和袭人与王夫人相关，与旁人并无干系，她这"你们"说的是谁呢？

在原著第三十一回中，晴雯和宝玉怄气，袭人来劝架。晴雯非但不领情，反冷笑道："姐姐既会说，就该早来，也省了爷生气。自古以来，就是你一个人伏侍爷的，我们原没伏侍过。因为你伏侍得好，昨日才挨过窝心脚。"

诸位都知道，此前一天袭人因为被宝玉误当作贪玩迟来开门的小丫头踢了一脚，头天夜里还吐了血，为此竟还"将素日想着后来争荣夸耀之心尽皆灰了"。她这会子抱病过来劝架，却被晴雯迎面又在伤口上撒了一把盐，心中的气恼可想而知，但此时颇见袭人风度，到底是部门经理，还是以维护内部安定团结为主，"少不得自己忍了性子"接着劝晴雯："好妹妹，你出去逛逛，原是我们的不是。"不料晴雯听见"我们"二字如同火上浇了油一般，立时冷笑几声道："我倒不知道你们是谁，别叫我替你们害臊了！便是你们的鬼鬼祟祟干的那事儿，也瞒不过我去，哪里就称起'我们'来了？正明公道，连个姑娘还没挣上去呢，也不过和我似的，哪里就称上'我们'了！"这几句话刻薄至极，真可谓是刀刀见血。

彼时碧痕、秋纹等众丫鬟都在屋外鸦雀无声地听着，晴雯的话等于是将袭人剥光了示众。由此也可见晴雯为人实在是只图嘴皮子逞强一时快活，既不顾及自身形象，更无半点换位思考的理念，全然不顾袭人的感受。

虽说这一场风波因为林黛玉的到来而平息，但是当天晚上晴雯便又故态重萌。贾宝玉要和她一起洗澡，她便又将碧痕的旧事抖搂出来取笑："还记得碧痕打发你洗澡，足有两三个时辰，也不知道做什么呢。我们也不好进去的。后来洗完了，进去瞧瞧，地下的水淹着床腿，连席子上都汪着水，也不知是怎么洗了。"在晴雯眼里，怡红院的几个大丫头就只有她自己站得正、行得端，所以她有资格随意嘲讽任何人。

虽说晴雯的清白最后通过灯姑娘的偷听事件得到了证实，但她与贾宝玉的肌肤之亲其实也是家常便饭。在原著第五十二回中，晴雯生病，贾宝玉从外头进来，见她独卧于炕上，便"忙又向炉上将手烘暖，伸进被去摸了一摸身上，也是火烧"。再向前追溯其病由，原是晴雯为了吓唬麝月反把自己冷着了。而晴雯是怎么做的呢？她当时便钻进了贾宝玉的被窝里躺着了。

现实当中亦不乏此类人，一双眼睛永远盯着别人的不足之处，却看不见自己身上的斑点瑕疵。何况毕竟书中有明文交代的与贾宝玉有鱼水之欢的也只袭人一人而已。至于碧痕，不过是好事者枉自揣测罢了。麝月更只是梳了个头而已。当然原著隐意，本书暂不理会，只看字面意思展开评述。

就算是麝月只是梳了个头，晴雯的一张嘴也是不肯放过的。在原著第二十回中，宝玉刚替麝月笼了三五下，晴雯便进来了，一见了他两个，便冷笑道："哦，交杯盏还没吃，倒上头了！"临走又说："你们那瞒神弄鬼的，我知道。"总之在她眼中，人人皆浊我独清。

大概脂砚斋读到此处也觉得晴雯实在是太过分了，所以特在此处加了一大段批注，特意从文学创作的角度为晴雯做了一番开脱：

写晴雯之疑忌，亦为下文跌扇角口等文伏脉。

但观者凡见晴雯诸人则恶之，何愚也哉？要知自古及今，愈是尤物，其猜忌嫉妒愈甚。若一味浑厚大量涵养，则有何令人怜爱护惜哉？

故观书诸君子不必恶晴雯，正该感晴雯金闺绣阁中生色方是。

然而任凭脂砚先生妙笔如花，也难说服后世众多读者，尤其是当读者结合身边实际情况，就更难如曹公所愿深爱晴雯了。想来曹公是想将自己的喜好潜移默化地灌输给读者，他老人家是喜欢闺阁之中有些无关原则的小矛盾存在的，就像如今有些男孩就喜欢女朋友没事隔三岔五地耍耍小脾气，谓之"小作怡情"一样。萝卜青菜，各有所爱，在下也就不妄加评议了，毕竟与本书无关。

同样还是这个"勇"字，体现了晴雯的另一特点：好勇斗狠。其实上文所述已经体现了晴雯好斗的特性了，但这还仅限于她和同级或顶头上司之间的矛盾冲突，和下级之间晴雯同样如此。

在原著第五十二回中，怡红院的小丫头坠儿偷了平儿的虾须镯，晴雯知道后，人尚在病中，喊了坠儿进来伺候，"冷不防欠身一把将她的手抓住，向枕边取出一丈青，向她手上乱戳"。口内犹自骂个不歇，发狠要将坠儿的手"不如戳烂了"！坠儿不争气，眼皮子浅，偷东西自然该批评处罚，但晴雯将她收拾得"疼得乱哭乱喊"也是够狠的。若非麝月及时将坠儿拉开，晴雯盛怒之下保不准真能废了坠儿的手。即便是这样，晴雯的气还尚未撒尽，麝月劝也无用。晴雯甚至"假传圣旨"，说是宝玉让她将坠儿撵出去，还把袭人也拖了进来，"连袭人使她，她背后骂她"。意思是说袭人对坠儿也很是不满。但当老嬷嬷说要等袭人回来处理此事时，晴雯却又一次撒谎说是宝玉的意思，且对袭人表示不屑："什么'花姑娘''草姑娘'，我们自然有道理。你只依我的话，叫她家的人来领了她出去。"谁知那宋嬷嬷并不敢以晴雯的话为准，直到麝月说了"这也罢了，早也是去，晚也是去，带了去早清静一日"，那宋嬷嬷才出去执行命令。

上述这么一小段故事情节里，晴雯至少犯了以下几个错误：撒谎、越权、不尊重领导。等到坠儿妈来找她理论时，她却又只会急红了脸，接着和人赌狠，多亏麝月出头摆出各种官方条款，也就是企业制度（虽然这些条款并无明文规定，但却是约定俗成），才使坠儿妈"无言可对，亦不敢久立"。而且晴雯的爱撒谎耍小聪明并不仅仅这一次，贾母查赌乃至王夫人抄检大观园究其根由，都源于晴雯的一句谎言。此处暂不细述。

接着说晴雯与下级员工关系处理的问题。在原著第五十八回中，芳官因为她干娘让她用自己女儿用剩的水洗头而和她干娘起了冲突，晴雯听说后，第一反应是先发一通牢骚，趁机将自己对芳官的不满宣泄一番："都是芳官不省事，不知狂的是什么？也不过是会两出戏，倒像杀了贼王，擒了反叛来的。"紧接着，她又指着芳官的干娘训斥道："你老人家太不懂事了。你不给她好好的洗，我们饶给她东西，你不害臊，还有脸打她！她要是还在学里学艺，你也敢打她不成！"这样两通话除了火上浇油外，对于事态的平息没有半点益处，说了还不如不说。

再来看麝月是如何面对这样的局面的。当袭人向麝月求救，换了晴雯，肯定首先是要调侃袭人几句，撂几句诸如"姐姐不是最会说话么？哪用得着我们呀"之类的损人不利己的酸话。而麝月听了袭人的话，则是"忙过来"对芳官的干娘说道："你且别嚷。我且问你……"先将场面稳住，随后同样是搬出府里各种约定俗成的规矩，三言两语便将坠儿妈说得"羞愧难当，一言不发"。这时，麝月才回过头来安抚挨了打的芳官。麝月的安抚方式也十分独特，值得学习。她并未下个定论来说这一场是非中的对与错，只是笑道："把个莺莺小姐，反弄成了拷打红娘了！这会子又不妆，就是活现的，还是这么松怠怠的。"一句话便缓和了气氛。等众人的情绪平静下来后，麝月才又笑道："提起淘气，芳官也该打几下子。昨儿是她摆弄了那坠子，半日就坏了。"不经意间便将芳官弄坏自鸣钟的事件指了出来，而且警示了芳官，单只弄坏钟表一事便是该打的。相信芳官听了，嘴上不说，心里自然也是要反省自己的。否则以芳官的脾性，也是个嘴不饶人的，岂有哑口无言之理？

相对于麝月的平和、巧妙，晴雯的工作方式就更显得简单粗暴了。当芳官的干娘在"先领过麝月的排场"，心中尚有余悸，满心里想要将功折罪，上前想替芳官给宝玉吹汤之时，晴雯立刻喊道："快出去！你让她砸了碗，也轮不到你吹。你什么空儿跑到内槅里来了？还不出去！"一面又骂小丫头子们："瞎了心的，她不知道，你们也不说给她！"

诸位可知芳官的干娘正是晴雯的同事春燕的亲娘？晴雯这样的工作方式，春燕不可能没想法。好在春燕是个通情达理的好姑娘，不然暗地里给晴雯使个什么绊子也是够她受的，俗话说"明枪易躲，暗箭难防"嘛！

说到春燕，正好便说一说当春燕和她妈发生矛盾冲突时怡红院的几位管理者的各自反应：宝玉是一如既往地干着急，不顶用；袭人同样也是着急、生气，压不住；麝月只好自己出面，平息事端。而晴雯呢，当事情已然平息，春燕妈满口认错讨饶之际，晴雯却道："理她呢，打发去了是正经。谁和她去对嘴对舌的。"

对于这样的日常琐事，连总裁助理平儿的态度都是"得饶人处且饶人"，而晴雯恰恰是得理不饶人。无论你是新老员工，只要是碰了她那一亩三分地，那是绝对不行的。

宝玉的乳母李嬷嬷，拿了一碟宝玉留给晴雯的豆腐皮包子，晴雯见着宝玉便告了李嬷嬷一状，可巧紧跟着又发生了宝玉的茶被李嬷嬷给喝了，于是负责沏茶的那位茜雪便无辜躺枪遭了殃，直接被撵出了大观园。

要说这位李嬷嬷的确也如企业内的某些老员工一样，时时处处都要卖个老资格，抱着从前奶大宝玉的那点子功劳，恨不能写张字条贴在脑门子上方好，唯恐别人不知抑或忘了，着实烦人！只是我们要探讨的是晴雯与麝月，所以也就不在她身上多费口舌了。

还是这位李嬷嬷，看见了宝玉留给袭人吃的元妃赏赐的糖蒸酥酪，便要吃了；茜雪的事才刚消停，因此立刻有人提醒她那是留给袭人的。此处原著写得妙，书中并未明说这提醒者是谁，只听她说道："快别动！那是说了给袭人留着的,回来又惹气了。你老人家自己承认,别带累我们受气。"曹公未曾明言,但脂砚斋却于此处批了一笔:"这等话语声口,必是晴雯无疑。"李嬷嬷听了自然不快,一面骂袭人,一面怨宝玉,一面赌气将酥酪给吃了。于是又有一丫头笑道:"她们不会说话,怨不得你老人家生气。宝玉还时常送东西孝敬你老去,岂有为这个不自在的。"还是同样的笔法,曹公不明言,由脂砚斋加批,点明此时此刻说话之人:"听这声口必是麝月无疑。"那李嬷嬷听了自然也不好再发作,只得撂了两句气话走了。晴雯却气得上床睡觉去了。

当袭人回来听说李嬷嬷吃了宝玉留给自己的酥酪时,袭人的反应则颇有领导风范,绝非晴雯可比,可惜晴雯却从来不自知。袭人见宝玉听了小丫头们的汇报才要说话,赶紧抢在前头笑道:"前儿我吃的时候好吃,吃过了好肚子疼,足的吐了才好。她吃了倒好,搁在这里倒白糟蹋了。"一场风波至此而终,不了了之。

再来说说晴雯对待上级领导的态度吧。宁、荣两府,男主外、女主内,主子如此,奴才亦如此。荣国府的外部事宜由贾琏负责,他手下的经理人排名第一的便是赖大。赖大的老婆，也就是赖大家的，自然便是王熙凤手下的第一管家婆子，但她的工作内容太多，所以大观园内部管理的具体执行者是第二管家婆子林之孝家的。

在原著第六十三回中，林之孝家的带领管事的媳妇们查夜，到了怡红院便随口交代了几句。她前脚走，晴雯后脚便说："这位奶奶哪里吃了一杯来了？唠三叨四的，又排场了我们一顿去了。"面对同样的情形，麝月的反应则是："她也不是好意的，少不得也要常提着些儿，也提防着怕走了大摺儿的意思。"

在原著第二十六回中，晴雯的任性、无组织、无纪律更是体现得淋漓尽致。薛宝钗来找贾宝玉聊天，正值晴雯和碧痕刚拌了嘴，于是晴雯便将气皆移到了宝钗身上，抱怨道："有事没事跑了来坐着，叫我们三更半夜的不得睡觉！"恰在此时，林黛玉来敲门。此时有一点必须澄清一下。所有的影视作品在此处都为了体现晴雯是和黛玉一伙的，所以才讨厌宝钗的，同时想要体现宝钗有意于宝玉，坐下就不想走，以示是宝钗上赶着主动追宝玉的，因此都故意将这一场景设定在"半夜三更之时"，其实不然。

首先，晴雯这通牢骚只是为了发泄自己心中的怨气而已,而这怨气的由来是她和碧痕吵架了,宝钗不过是撞在了枪口上而已。其次,此时并非如晴雯所说的"三更半夜"。原著中对此交代得明明白白,林黛玉是尾随薛宝钗而来,眼见着她进了怡红院。此时,院外的沁芳桥下"各色水禽都在池中浴水,也认不出名色来,但见一个个文彩炫耀,好看异常"。林黛玉站着看了一会儿便去怡红院敲门,于是和薛宝钗一样撞上了晴雯的枪口,也成了她的出气筒。怡红院的大门没进得去,这才引得非但"附近柳枝花朵上的宿鸟栖鸦""俱忒楞楞飞起远避",还害得林黛玉哭到二更多天,方才睡下。真正是罪过呀罪过!

也许编剧导演们是因为见了"宿鸟栖鸦"几个字,所以才一致认可了晴雯的说辞"三更半夜"。在下平日里除了兴之所至,码几个字聊以自得,亦有一项谋生的营生——波尔多酒农,所以无数次于乡野亲眼目睹太阳才刚西斜,余晖尚且耀眼,便已是宿鸟栖鸦满树的情景。

薛宝钗乃是董事长王夫人的嫡亲姨侄女儿,林黛玉更是监事会主席贾母的嫡亲外孙女儿,俩人还分别都是兄弟单位蘅芜苑和潇湘馆的Boss。对薛宝钗和林黛玉尚且如此,别人晴雯就更不会放在眼里了。诸如赵姨娘之流，在晴雯眼里说不定觉得还不如自己呢。所以当赵姨娘和芳官闹起来的时候，袭人上前劝说，而晴雯却悄悄拉住袭人道："别管，她们闹去，看怎么开交！"当藕官、蕊官、葵官、豆官几个闻讯赶来，将赵姨娘团团围住时，晴雯竟"一面笑，一面假意去拉，劝她们众人"。着实可恶！

说了这么多，依在下的个人观点而言，怡红院最称职的经理人其实应该是麝月。麝月不仅具备前面所说的那些协调能力，更重要的是她的责任心和主人翁意识一点也不比袭人差。

在原著第二十回中，袭人生病，麝月工作的积极主动性以及在工作中能够体恤下级、换位思考的心胸都得到了充分的展示。当晴雯、绮霞、秋纹、碧痕等人都出去耍了，麝月主动留下看家。宝玉问她为什么不去，麝月答道："都玩去了，这屋里交给谁呢？……那些老妈妈子们，老天拔地，伏侍一天，也该叫她们歇歇；小丫头子们也伏侍了一天，这会子还不叫她们玩玩去。所以让她们都去罢，我在这里看着。"

不过麝月最大的弱项也很明显，那就是她不懂财务。一个管理者不懂财务，在实际工作中是很可怕的。

在原著第五十一回中，为了打赏给晴雯治病的大夫，麝月和宝玉俩人都没弄明白一两的星儿在哪儿，一两银子到底有多大，还是下属的婆子告诉他们，他们手里拿的是块五两的银锭子夹了半个。这时，麝月的另一管理缺陷便也随之暴露了出来：奖励的随意性。

通常我们都说赏罚要分明，企业应该有明确的奖惩制度，不但是在惩处制度面前要做到公平、公正，而且制度面前人人平等。其实奖励制度更加重要。一次不合理的奖励，其所带来的负面效应之大难以预测，真的是要因人、因事、因时、因企业不同而不同。麝月很随意地就将多出来的银子赏给了办事的婆子，那婆子本人当时自然是高兴的，但焉知不会影响到其他人员的工作情绪？又焉知这婆子会不会因为今日之意外之赏而对日后其他的奖赏心存抱怨？总之，随心所欲绝对是管理之大忌。

一个企业要想长远发展，人力资源至关重要。人才的储备与培养是每一个管理者时刻都放在心头的大事之一。说完了怡红院最具代表性的袭人、晴雯和麝月，下面我们将要来聊一聊怡红院这一大帮子员工当中，谁最有培养价值。

第三节　潜力股春燕

虽然在上一节中已经提到过春燕，但相信不少读者看到这一节的小标题还是会出乎意料的。肯定有人会问："春燕？谁啊？"也许有看了上一节的读者闲来无事，将原著找来又翻看了一遍，这才点头道："原来《红楼梦》里还有个叫春燕的！"

是的，《红楼梦》里的确有个丫鬟名叫春燕，而且还是上了回目的。原著第五十九回的回目叫作"柳叶渚边嗔莺咤燕"。"莺"指的是薛宝钗的大丫头黄金莺，这"燕"便是指的怡红院的春燕了。

这个春燕在怡红院的级别应该等同于芳官和四儿，因为从贾母学小家子凑份子替凤姐过生日开始，书中所有的凑份子行为都是按照级别来的。这就跟我们在现实生活中遇到各种红白喜事需要随礼出份子钱一样，谁也不想拔尖，但也不想落后。这也是我们中国人骨子里的中庸思想所致，俗称"随大流"。

在原著第六十三回中，袭人、晴雯等人开夜宴为宝玉庆生，丫鬟们的份子钱是这样的：袭人、晴雯、麝月、秋纹四个人，每人五钱银子；芳官、碧痕、小燕、四儿，每人三钱银子；余者告假的不算。

说到此处，忍不住扯两句题外话。不知读者诸君有无同感：碧痕和小燕、四儿等人排在一处很奇怪？至少在我心目中，她一直都是和晴雯、麝月、秋纹等人是一个级别的。当然袭人的情况比较特殊，姑且不论。并且曹公也明明在书中通过晴雯的嘴描述碧痕是可以帮贾宝玉洗澡那个级别的，而四儿则是偶尔替贾宝玉倒杯茶还惹得袭人不快的那个级别："横竖那边腻了过来，这边又有个什么'四儿'、'五儿'伏侍。我们这起东西，可是白'玷辱了好名好姓'的。"由此可见，四儿应该是和小红同级，因为小红也曾为替贾宝玉倒杯茶挨了一顿骂，而骂她的人恰恰是秋纹和碧痕。

在原著第二十四回中，秋纹和碧痕抬了水进来，迎头遇上了小红。当得知小红居然替Boss倒了杯茶，秋纹抖脸便啐了一口，骂道："没脸的下流东西！……你也拿镜子照照，配递茶递水不配！"碧痕则说："明儿我说给她们，凡要茶水，送东拿西的事，咱们都别动，只叫她去便是了。"碧痕这样的语气，分明是说她和秋纹是一个等级的，却不知为什么在凑份子给宝玉庆生时她竟是和四儿一个等级的。既然一时半会儿的也弄不明白，就先放着吧。反正红楼梦里的不解之谜多了去了，也不多这一个，日后有闲再来琢磨，好在与本书主旨无碍。

言归正传，接着来说春燕。为什么将春燕列为值得培养的潜力股呢？只因她身上具备了以下几点品质：一、客观冷静；二、懂得换位思考；三、会迂回表达诉求，也就是讲究工作的方式、方法；四、有孝心。下面我们就来一一举例说明。

当春燕看见宝钗的丫鬟莺儿采了柳条坐在山石上编花篮玩，毫无疑问她是想要上前阻止的。因为自从探春等人改制以后，园子里的花草树木皆各归其主，承包到人头了。这些花柳归春燕的姨妈负责，而且她姨妈还要求她也要负责监管，现在她偏就遇上了宝钗的大丫头莺儿犯规。且看这个小丫头是如何处理眼前的麻烦事的。

她先亲亲热热地问了句无关痛痒的话："姐姐编什

么呢?"趁机便走近了莺儿等人。然后,她只字不提莺儿折柳之事,反和藕官闲聊起家常来。藕官是她姨妈的干女儿,借着和藕官拉家常表明自己的立场:她是认同藕官以及芳官对自己家里所作出的贡献的,"老姊妹二人都派到梨香院去照看她们,藕官认了我姨妈,芳官认了我妈,这几年着实宽裕了"。

紧接着,她又进一步表明在她妈和芳官的纠纷中,她也认为错在自己的母亲,"我妈为洗头就和芳官吵,芳官连要洗头也不给她洗"。随后轻描淡写地将她妈要给宝玉吹汤的糗事,以自嘲的方式一笑带过:"又要给宝玉吹汤,你说笑死了人?"顺着这一句笑话,她看似随口便说道:"幸亏园里的人多,没人分记得清楚谁是谁的亲故。若有人记得,只我们一家人吵,什么意思呢?你这会子又跑来弄这一带地上的东西,都是我姨妈管着。"小丫头绕了一大圈,说了一大堆废话,到此时方才言归正传。

随后,她又以调侃的口吻表述了她姨妈的辛劳:"她一得了这地方,比得了永远基业还利害,每日起早睡晚,自己辛苦了还不算,每日逼着我们照看,深恐有人糟蹋。"顺便就把自己的职责也说了出来。末了却又并不直接生硬地警告或制止,而是以"自己人"的口吻加以提示:"老姨妈两个照看得谨谨慎慎,一根草儿也不许人动。你还掐这些花儿,又折她的嫩树,她们即刻就来,仔细她们抱怨。"

诸位,这小姑娘是不是不可小觑?

不过即便春燕再伶俐,毕竟还小,因此当莺儿耍脾气和她姨妈呛了起来后,她也只能以挨了她妈一顿揍告终。然而就在她挨揍不久,便是宝玉等人的生日,芳官和宝玉吃剩的饭叫春燕吃,春燕吃了半碗汤泡饭,却将两个卷酥留下说:"这个留给我妈吃。"她妈的岗位是连吹汤都被晴雯训完又让同事嘲笑了一气的:"我们到的地方儿,有你到的一半儿,还有你到不去的呢。何况又跑到我们到不去的地方,还不算,又去伸手动嘴的了。""嫂子也没有用镜子照一照,就进去了。"卷酥这类精致的小点心自然等闲是吃不着的,所以这春燕人虽小,倒是极有孝心呢。

诸位切莫小看了这"孝心"二字,以为这是家事,与工作无关,我们要论的是职场,管他有没有"孝心"做甚?人无孝心,轻点说叫作不懂得感恩,往重里说则叫作禽兽不如。这样的人就别指望他能在什么工作岗位上有所建树了。这个话题在下也不想展开来多说,就该话题评议之文实在是多如牛毛,我们还是接着来说春燕其人吧。

春燕的客观冷静还不仅仅是体现在劝阻莺儿折柳这一件事上,如果柳五儿早听她的话,也不至于有后来被当嫌疑犯关了一夜之辱。在原著第六十一回中,柳五儿拿了一包茯苓霜托春燕交给芳官,春燕当时便笑道:"姐姐太性急了,横竖等十来日就来了,只管找她做什么。方才使了她往前头去了,你且等她一等。不然,有什么要紧话,告诉我,等我告诉她。恐怕你等不得,只怕关园门了。"果然不出春燕所料,柳五儿被负责巡查门禁的林之孝家的迎头遇上,非但自己被关了一夜,连带她妈、她舅舅都差点全玩完。

此外,春燕还灵活机变,有创新意识且胆大心细。著名的"寿怡红群芳开夜宴",春燕便是那个始作俑者。本来晴雯等人只是因为白天玩得不尽兴,打算晚上关了门接着再瞎嗨一气拉倒,是春燕提议:"依我说,咱们竟悄悄的把宝姑娘、林姑娘请了来玩一会子,到二更天再睡不迟。"

她为什么不建议邀请别人,单只建议邀请薛、林二位呢？诸位千万莫以为这只是随口的一句话，仔细琢磨琢磨你就会发现这正是这丫头的聪明所在。

如果她单说请林黛玉一人，我们或可将其理解为一则潇湘馆离得近，二则林黛玉一向同贾宝玉私交密，可是薛宝钗呢？这两条她都不具备，难道是她同春燕有私交？当然不可能。

宝钗为人端庄娴雅，看似随分随时，实则谨慎小心，与园中诸人，一向是亲疏远近同等对待，从"不露出谁薄谁厚"来。虽说有薛姨妈受贾母所托入住潇湘馆一事，也有"金兰契互剖金兰语"一节，但这都不足以让春燕将钗黛二人联系在一处，尤其是"金兰契互剖金兰语"的内容更是春燕所不可能知道的了。而且，林黛玉向来"孤高自许，目下无人"，小丫头子们大都喜欢薛宝钗，而非林黛玉，为此林黛玉心中还有些"悒郁不忿之意"。因此春燕也不可能是因为喜欢林黛玉才想要邀请她的。

所以只能说春燕提出要请薛、林二人是她经过深思熟虑才说出来的，住得远近根本就不在她考虑的范畴内。林黛玉与贾宝玉私交好，这当然至关重要，但更重要的是林黛玉的后台硬。同样，春燕选择薛宝钗，也还是看中她的后台老板王夫人，把这俩人拖来一起玩，绝对的双保险。换了别的丫头，别说是春燕这个级别的了，便是袭人、晴雯之流也并无一人想到敢大晚上的跑去找林黛玉和薛宝钗来参加夜Party。

依照以上的描述与分析，春燕也该是个秀外慧中的俏丽姑娘才是，因为首先长得不入流的也不可能被选入怡红院，所以不必怀疑小姑娘的长相是否过关。那么她为什么在王夫人对怡红院所进行的彻底大审查中能够顺利过关呢？众所周知，王夫人可是"从袭人起至作粗活的小丫头，个个亲自看了一遍"。这就要归功于春燕平时的言行谨慎与低调守拙了，所以才不会摊上四儿那样的麻烦，而且其衣着打扮、言行举止也必然是符合企业常规要求的，自然是不会穿什么奇装异服，不然也难逃过王夫人的法眼。那四儿不就是被拎出来以后，王夫人"视其行止，聪明皆露于外面，且也打扮的不同"，这才将老账重提，直接将其辞退了吗？

所以啊，我是比较看好怡红院里的这个小姑娘春燕的，有潜质，值得培养。不知读者诸君意下如何？

第四章

蘅芜苑与梨香院

说完玉郎说金娃。说完了怡红院，接着来说薛宝钗的蘅芜苑，而要说蘅芜苑，则必得与梨香院一起说方才有趣。因为这两处都曾是薛宝钗的住所，梨香院则更是几易其主。

第一节　蘅芜苑

蘅芜苑的人员结构很简单，不像怡红院那么复杂，排得上名号的员工也就只有俩人：莺儿与文杏。另外还有个香菱，以及她的小丫头臻儿。曹公于此处又一次提醒读者，香菱与"臻"字密不可分，乃是"甄家之儿"。

香菱和薛宝琴、邢岫烟、李纹、李绮、史湘云其实都是大观园的编外人士，只因她们在金陵十二钗的所谓正、副册中占了一席之地，因此她们便都成了不在编制的大观园人士。而这几位编外人士除了李纹、李绮，其余几人都和蘅芜苑有所牵连。蘅芜苑可以说是大观园里流动人口最为频繁的地方，但是此地的治安管理一向稳定。薛宝钗的管理能力由此可窥一斑。

我们先来说说薛宝琴。此人在书中是个神秘的存在，准确说来，她和贾府没有半毛钱的瓜葛，可是贾府的年终祭祀偏偏是从她的视角出发展示给读者的。曹公更是不吝笔墨、浓墨重彩地将她推至台前，又让其在台上尽情地展示了一番。

薛宝琴刚进贾府时，和林黛玉享受的是同等待遇——留在贾母处住宿；御寒的斗篷则是和贾宝玉一个级别的。

但是在"怡红开夜宴，诸芳占花名"这一环节上，曹公却又让她像空气一样地存而不提，岂不怪哉？！这样一个神秘人物虽说是先住在贾母处，后又到稻香村和李纨一起住，并未明确表述她曾住到蘅芜苑，但她肯定是蘅芜苑常客，否则宝钗心里也不会"没有诗兴"，因为这位小堂妹的到来扰了宝钗素日的清静。而且若非史湘云执意要和宝钗一处住，她理所当然是要住进蘅芜苑的，因为宝钗是她在大观园里唯一的亲人。所以在原著第四十九回中，她刚得到贾母赏赐的凫靥裘，就赶紧跑到蘅芜苑秀了一把。

既然已经说到占了薛宝琴位置的史湘云，就顺便说一下史湘云与蘅芜苑的关系吧。史湘云执意要住到蘅芜苑，倒是成全了香菱。虽然林黛玉也是本着诲人不倦的思想教香菱写诗，但到底不如史湘云爽快又健谈，再加上二人住在一处，想必香菱在湘云处亦获益匪浅。

史湘云住在蘅芜苑的历史使命，除了进一步加强香菱的文学修养外，便是和薛宝钗合力办了一届诗社，使林黛玉能够在菊花诗赛中总揽前三甲，拿了个冠军。此外，史湘云从蘅芜苑内将邢岫烟的当票拿到潇湘馆打算让众人辨识，差点出了邢岫烟的洋相。此举本该是个招人烦的行径，可到了史湘云身上，却只有纯真与可爱，并无半点惹人厌烦之处。尤其是当她弄清楚当票的真实用途，又听林黛玉感慨"兔死狐悲，物伤其类"时，立时便动了气说："等我问着二姐姐去！我骂那起子老婆子、丫头一顿，给你们出气如何？"好一个"路见不平一声吼，该出手时就出手"的女英豪！果然无愧于那几句判词："幸生来，英豪阔大宽宏量，从未将儿女私情略萦心上。好一似，霁月光风耀玉堂。"说到此处，忍不住又要赞上曹公两句。本来女孩子喝醉酒是件奇丑无比的事，偏他因为喜欢史湘云，就有本事将湘云醉酒写成一幅《海棠春睡图》，真正是不服不行！

前面既然提到了香菱，便接着来说说香菱。香菱是红楼十二钗正、副册中最早出现的女子。对于她的美貌，其实原著中并未详写，只是对她幼时有八个字的形容："粉妆玉琢，乖觉可喜。"但是所有的读者都知道香菱长大以后是个美人。可惜所有的影视作品为了突显金陵十二正钗，全都忽视了香菱的美。

实际上香菱还尚未长成时，便已经令同性恋者冯渊一见钟情，连性取向都发生了变化。那冯渊原本"长到十八九岁上，酷爱男风，不喜女色"，但只看了香菱一眼，便一见钟情，"定要买来作妾，立誓再不交结男子，也再不娶第二个了"。等香菱跟着薛家住进了贾府，周瑞家的一见便说她"倒好个模样儿，竟有些像咱们东府里蓉大奶奶的品格儿"。周瑞家的主要工作职责是负责"跟太太奶奶们出门的事"，绝对是个见过大世面的人，而东府里的蓉大奶奶秦可卿更是兼具钗黛之美的绝色，"生得袅娜纤巧，行事又温柔和平"，乃是贾母"众孙媳妇中第一个得意之人"。你就说这香菱长得有多美，气质有多好吧？！

等她长成以后，贾琏更是一见难忘，非但向薛姨妈打听其人，甚至回到家都念念不忘，居然当着醋坛子王熙凤的面又是赞又是叹："生得好齐整模样。"鉴于贾琏的文学修养，这样的赞美便约等于贾宝玉的"其为神则星日不足喻其精,其为貌则花月不足喻其色"了。那贾琏赞罢,又忍不住叹道:"竟与薛大傻子做了房里人,开了脸,越发出挑得标致了。那大傻子真玷辱了她。""大表哥"直接降成了"大傻子"。

不过无论是薛宝琴还是史湘云和香菱,都是蘅芜苑的客人而已,她们都是不可能参与蘅芜苑的日常管理的。相反,宝钗还需要在进行日常管理时顾及她们。但是无论是她们还是她们的丫头小螺、翠缕、臻儿,从未听见她们相互之间或是同莺儿、文杏之间有任何矛盾发生。毫无疑问,这都归功于宝钗的协调管理能力。

而且宝钗还很善于培养新人,莺儿便是最典型的例子。在原著第八回中,当薛宝钗读出贾宝玉的通灵宝玉上所刻的"莫失莫忘,仙寿恒昌"八个字时,莺儿立刻便听出了这是和宝钗项圈上的八个字"不离不弃,芳龄永继"是一对儿的。莺儿能够具备这样的鉴赏能力,当然是宝钗平时教给她的。众所周知,是黛玉教会了香菱作诗,可是诸位可曾想过是谁教会了香菱识字呢?当然是宝钗。并且香菱在拜黛玉为师之前,并非是对诗词一窍不通的小白。她有自己喜欢的诗人和诗句,也知道一些作诗填词的平仄格律,这些自然都是从宝钗处学来的，人贩子和薛大傻子是绝对不可能教她这些的。就算她亲爹甄士隐也曾教她识过几个字，可那会儿她年方三岁，不管学了什么，在被拐卖后的生涯里应该全都化为乌有了。

此外，宝钗用人的方式方法独具一格，极其巧妙，等闲之辈还真未必看得出来。宝钗对于怡红院的留心，书中不止一处有所透露。在原著第二十七回中，宝钗无意之中听见小红和坠儿的悄悄话。只听声音，宝钗便能够准确地判断出说话者"大似宝玉房里红儿的言语"，而且当时便有一段内心独白，表达了她对小红的看法："她素昔眼空心大，是个头等刁钻古怪东西。"看人之准，判断力之强，由此可见一斑。与此相对的是贾宝玉。小红是他怡红院的人，他却压根就不认识。要知道，小红并不是刚来不久的新人。贾宝玉还没住进怡红院，她就已经在怡红院里驻守了，是怡红院元老中的元老。可见，无论你身处哪个岗位，对待工作用心与否，其结果都是天壤之别。

宝钗对怡红院留心，实则是对宝玉用心。怡红院内的动向，宝钗可以自己进行观察，但贾宝玉是个男人，他是时不时地要出去的。这样一来，他在外头的行踪，宝钗可就无从知晓了。没关系，宝姑娘自有高招。贾宝玉有一大堆小厮，什么茗烟、扫红、锄药、墨雨、引泉、扫花、挑云、伴鹤，还有双瑞、双寿之流，但为首的毫无疑问是茗烟。茗烟自己也说："我茗烟跟随二爷这几年，二爷的事，我没有不知道的。"所以搞定茗烟自然便可对贾宝玉在外的行踪了如指掌。若按常规思路，薛宝钗和茗烟那是十八竿子也打不着的，但宝姑娘独辟蹊径，走了一条常人再难想到的路：她的丫鬟莺儿认了茗烟的娘叶妈做了干娘，两家人家请客吃饭，来往和厚，还有什么消息掌握不了？！

当然，贾府上下上千号人，聪明人大有人在，总裁助理平儿便是其中之一。宝钗的这点小把戏，平儿一目了然。当平儿举荐莺儿的妈负责香草事宜时，宝钗反推荐并不懂业务的"老实人"叶妈。探春听了有所顾虑，平儿立刻便笑道："不相干，前儿莺儿还认了叶妈做干娘，请吃饭吃酒，两家和厚，好得很呢。"

当然，薛宝钗除了上述的优点外，还有一点也很突出，那就是勤俭节约，低调内敛，并能够以身作则，起到领导干部的带头作用。薛家虽然落魄，但是薛宝钗和大观园里的其他几位小姐比起来，还是完全可以做到财务自由的，因为她才是薛家真正的当家人。她要帮助史湘云做成一场螃蟹宴，不需要和任何人商量，她自己就可以做主。

刘姥姥曾替那顿螃蟹宴算了笔账："这样螃蟹，今年就值五分一斤。十斤五钱，五五二两五，三五一十五，再搭上酒菜，一共倒有二十多两银子。阿弥陀佛！这一顿的钱够我们庄稼人过一年的了。"想必诸位都是知道的，贾府小姐们的月钱不过才二两银子，而薛宝钗随意请个客便是小姐们一年的薪水。

可是这么有钱的薛宝钗平时在家不过是穿着"蜜合色棉袄，玫瑰紫二色金银鼠比肩褂，葱黄绫洒线裙"，而且"一色半新不旧，看去不觉奢华"。等到搬进蘅芜苑，其室内的装饰装潢更是简朴至极，屋内"雪洞一般，一色玩器全无，案上只有一个土定瓶中，供着数枝菊花，并两部书，茶奁、茶杯而已。床上只吊着青纱帐幔，衾褥也十分朴素"。

也许有读者会说，薛家已败，又寄居在贾府，薛宝钗不是不想搞装修，实际上是没钱搞。

绝对不是！

在原著第四十八回中，薛蟠挨了柳湘莲的打想要出去转转遮遮羞，散散心，长长见识，薛姨妈便说："用不着你做买卖，也不等着这几百银子来用。"宝钗劝薛姨妈则说："妈就打发他去试一试，只打量丢了八百、一千银子。"可见，千儿八百两银子在薛家母女眼中根本就不算事儿！

在原著第五十七回中，像探春送给邢岫烟的那种玉佩，薛宝钗就亲口说道："这些没用的东西，只怕还有一箱子。"包括衣裳也一样，人家薛宝钗可不是没有新衣裳。当薛蟠为了赔罪要给她做新衣裳时，宝钗便回道："连那些衣服我还没穿遍了，又做什么？"

当贾母看到蘅芜苑太过简朴，以为宝钗客气，主动要替宝钗收拾时，薛姨妈赶紧解释说："她在家里也不大弄这些东西的。"其实宝钗除了对这些室内的软硬装修不十分在意，对女孩子喜欢的花花草草也一样不十分热衷。原著中的"送宫花"一节，发生的前提基础便是："宝丫头古怪呢，她从来不爱惜这些花儿粉儿的。"不过这一桥段的演绎不在蘅芜苑，而是在薛宝钗入主蘅芜苑之前的场所——梨香院。

下一节，我们就来说说梨香院。

第二节　梨香院

梨香院在《红楼梦》中是个神奇的所在。它原本是荣国府的创始人荣公暮年静养之所,当薛姨妈一家到来之后,此处便成了薛家在京中的临时住所,薛宝钗的闺房便也就设在了此处。

前文提到的"送宫花",便是发生在此处。在下所著《贾琏传》曾对这一环节展开了些许想象,有兴趣的读者可找来一阅。"送宫花"这一情节,明处是写贾琏戏熙凤,暗处我以为则是将薛家此次进京的首要任务的完成情况做了个交代。薛家此次进京的首要任务是:"因今上崇诗尚礼,征采才能,降不世出隆恩,除选聘妃嫔外,仕宦名家之女,皆亲名达部,以备挑选,择为公主、郡主之入学陪侍,充为才人、赞善之职。"那薛蟠进京,"一为送妹待选,二为望亲",三才是"销算旧账，再计新支"。

点明纠结全书始终的"金玉之说"，也是在梨香院内完成。在此处，贾宝玉胎里带来的通灵宝玉得以全方位地向读者展示"大如雀卵，耀若明霞，莹润如酥，五色纹缠护"，包括上面所镌之字也一一道明。与之相对的金锁也闪亮登场："珠宝晶莹，黄金灿烂"。也正是在此处，贾宝玉闻到了薛宝钗身上所散发出的冷香丸所自带的香气，而薛家花了大功夫调制而成的冷香丸，千里迢迢从金陵带到京都，如今便埋在梨香院内的梨花树下。

王夫人的陪房周瑞家的，送走刘姥姥回来找王夫人复命，来到宝钗房内闲聊说起了这冷香丸，随后又由周瑞家的将宝钗不爱的宫花拿去分送众人。且"送宫花"这一节看似记了笔流水账，并无特别之处，但恰是通过送宫花这一举动将几个重要的人物特征都做了个简介。

首先将花儿拿出来的是香菱，借此机会又将香菱的身世向读者强化了一次，重申香菱实乃"应怜之人"，且又将香菱的长相和秦可卿联系了起来。本次送花行动秦可卿虽未露面，却两次提到了她。后面凤姐还特意差人将花给秦可卿送去。

正好借着送花,把由于林黛玉的到来,"三春"在贾母处的宠爱减弱的情况顺带着就说了出来,"原来近日贾母说孙女们太多了,一处挤着倒不便,只留宝玉、黛玉二人在这边解闷,却将迎、探、惜三人移到王夫人这边房后三间小抱厦内居住,令李纨陪伴照管"。

同时,也为惜春未来出家为尼的事埋了个伏笔。周瑞家的进得屋来,"只见惜春正同水月庵的小姑子智能儿两个一处玩笑"。听见周瑞家的说是来送花的,惜春笑道:"我这里正和智能儿说,我明儿也剃了头,同她作姑子去呢!可巧又送了花儿来;若剃了头,可把这花儿戴在哪里?"

到了凤姐那儿就更不必说了,寥寥数语将贾琏、凤姐、平儿三人的关系描写得绘声绘色。到了林黛玉跟前,一句话便将林妹妹的任性、小性儿写尽:"我就知道,别人不挑剩下的,也不给我。"

这梨香院完成了看金锁、识宝玉、送宫花、埋冷香丸这一系列的任务后,一刻不曾空闲,随即便在此处上演了蔷龄之恋。如果说龄官画蔷是描写龄官的一片痴情,那么贾蔷放雀则是贾蔷对龄官的表白。那龄官生得"眉蹙秋水,面薄腰纤,袅袅婷婷",连贾宝玉都觉得她

"大有林黛玉之态"。而贾蔷则是比贾蓉生得还风流俊俏，书中对贾蓉是有明确描述的："面目清秀，身材夭乔，轻裘宝带，美服华冠。"龄官与贾蔷无疑是一对金童玉女。

相信诸位一定不会忘记前面我们刚说过看金锁、识宝玉的事，薛宝钗、贾宝玉更是金娃对玉郎。

及至那位天生尤物尤二姐死后，贾琏便将她停灵于梨香院，且在梨香院内伴宿七日夜。这对于贾琏来说，可算得是情真意切了，须知他可是"只离了凤姐便要寻事，独寝了两夜，便十分难熬"的。反正那年月也没有包二奶一说，充其量叫作养了个外宅，何况依照原著的中心思想，贾琏将尤二姐养在小花枝巷内也实出无奈，其本意是要等凤姐一死便将尤二姐接了进去的。贾琏还将"自己积年所有梯己，一并搬了与二姐收着"，其真心诚意由此可见。那贾琏是油锅里的钱也要捞出来花的主，居然将自己积攒多年的小金库交到尤二姐手上，再没有比这个更能表达其心意的了。

而且贾琏在贾府的一众子弟当中，绝对算是出类拔萃的了，所以将他与尤二姐称作"才子佳人"也不为过。诸位千万莫要嫌弃人家贾琏的五品同知是捐来的，环顾四周,各路商界、政界大佬们以及文艺界大腕的学历、学位又有几个不是通过各种蜿蜒曲折的路线拿银子换来的呢?! 人畜无害,不过是要个面子罢了! 理解万岁吧!

接着说梨香院。诸位千万不要忘了,香菱和薛蟠也是在梨香院圆的房。贾琏陪林黛玉省亲回来,各处去打招呼,到梨香院看望薛姨妈,正巧迎面撞上了刚开了脸的香菱,那会儿大观园可还没开工呢。

看到这儿,诸位是不是有点恍然大悟了? 在我国的传统文化概念中,"梨园"一向是戏曲班子的代名词。这梨香院正是位于大观园角落上的一座小舞台,你方唱罢我登场。

薛家搬离梨香院,贾蔷便成了梨香院的Boss了。红楼十二官,哪个都不是省油的灯。自从她们进了大观园,多少是非纠纷皆因她们而起。单只芳官一人便捅了无数个娄子,最著名的莫过于大战赵姨娘一役了。十二官统共留下来八个,还有一个被尤氏带去了宁国府,剩下七个,一个守在探春身边,自然不可能参战,但事后还伺机在探春跟前进言,试图为其小伙伴们报仇呢。一个跟在贾母身边,也没机会参战,其余五人全都参加了战斗。这一著名战役的起因很简单,即茉莉粉替去蔷薇硝。

说到这儿,就又不得不扯几句题外话了。这一事件之所以发生究其原因无外乎两点:一是专业的重要性。通俗点说,也就是你得识货。倘若贾环是个识货的,芳官就不敢轻易骗他。第二点便是验收机制的重要性了。如果贾环拿了纸包当时便开包验货,后面的事情也就不可能发生了。

好吧,还是把话题拉回到贾蔷身上。这么难缠的十二个小姑娘,在贾蔷手上却天下太平,和谐共处。这绝对是能力问题。贾蔷的能力在原著第九回中的"茗烟闹学堂"便有过精彩的描述。那会儿他才十六岁,便能不动声色地假他人之手,遂自家心愿,且迤迤然全身而退。如今他又下了一趟江南,在贾琏手下历练,办了些实事,自然又与当年不可同日而语,管那几个小姑娘还不是小菜一碟?

而且龄官显然是这帮小姑娘中的刺头,连元春点的戏都敢驳。元春要听《游园》《惊梦》两出,那龄官却认为这两出戏不是她本角之戏,执意要演《相约》《相骂》。元春听了,反而命人"不可难为了这女孩子,好生教习"。而且后来贾宝玉想听她唱一套"袅晴丝",小姑娘根本就不买账。但是没关系,这些事在蔷二爷跟前全都不是事,"龄官画蔷"便是最好的注释。所以在拙作《探春传》中,我最终还是让贾蔷做了梨香院的主人,因为我觉得他这个部门负责人当得十分称职。

第五章

"三春"居所

上一章说的是管理得当的蘅芜苑和梨香院,这回我们来说说同样是管理得当却是是非不断的秋爽斋。不过单说秋爽斋,一则未免过于单薄,二则这"三春"之事时有穿插,所以便将秋爽斋、紫菱洲、藕香榭这三处合并在一章里一起说了吧。

其实,在原著第二十三回中有明确交代:"贾迎春住了缀锦楼,探春住了秋爽斋,惜春住了蓼凤轩。"那为什么本书还硬说是秋爽斋、紫菱洲和藕香榭呢?只因在第三十七回"秋爽斋偶结海棠社"时,宝钗为迎春和惜春取号时说:迎春"住的是紫菱洲,就叫她'菱洲';四丫头在藕香榭,就叫她'藕榭'就是了"。此后每次雅集,迎春和惜春也便都以"菱洲"和"藕榭"自居,众人亦以此相称了,想必缀锦楼与蓼凤轩皆分别系紫菱洲和藕香榭两处的主建筑。所以本书也就以此名作为她二人的居所了。

第一节　秋爽斋

秋爽斋的Boss是荣国府的三小姐贾探春，人送外号"玫瑰花"，"又红又香，无人不爱，只是有刺戳手"。下属员工们都暗地里说她是"老鸹窝里"飞出来的一只"凤凰"。曹公则借着贾母领着刘姥姥大开眼界的机会，在秋爽斋里通过探春之手预埋下了巧姐的未来。

在原著第四十一回中，板儿抱着从探春处得来的佛手，奶妈子抱着巧姐来了。巧姐怀里抱着个大柚子，见了板儿的佛手，便拿柚子换了板儿的佛手。虽说从植物学角度上细分香橼和柚子虽然同宗同属，但它们不是一回事，可是在《红楼梦》中，香橼即是柚子，柚子即是香橼。"橼"同"缘"，巧姐这就算是正式和王板儿结下"缘"了。巧姐的判词也明白写着她与刘姥姥之"缘"："势败休云贵，家亡莫论亲。偶因济刘氏，巧得遇恩人。"刘姥姥一进荣国府时，进的便是巧姐的卧室，而巧姐之名也是刘姥姥给起的。这缘分，大去了！

回过头来继续说探春和她手下的两员干将——侍书、翠墨。两人都不是善茬。抄检大观园时，探春抽了邢夫人的陪房王善保家的一个大嘴巴子。侍书听见王善保家的在外头嘟嘟囔囔着："罢了，罢了！这也是头一遭挨打。我明儿回了太太，仍回老娘家去罢。这个老命还要他作什么！"立刻便出去一句话将王善保家的怼到无语："你果然回老娘家去，倒是你的造化了。只怕你舍不得去。"连凤姐听了都忍不住赞道："好丫头，真是有其主必有其仆。"秋爽斋也被她们管得井然有序，可是问题就出在那只老鹳——赵姨娘身上。这位赵姨娘，不单时时影响她们的日常生活，在探春执政期间还严重干扰她的工作。企业内部沾亲带故，实在是企业制度难以执行到位的原罪所在啊！

可以说，探春上岗所遇到的第一件难题便是她的亲妈赵姨娘给出的。她的舅舅赵国基死了——当然探春是不承认这个舅舅的，她只承认那位"年下才升了九省检点"的王子腾是她的舅舅，但合府上下除了她自己，每个人都认为赵国基才是她的舅舅，否则李纨不会说："姨娘别生气。也怨不得姑娘，她满心里有拉扯的心，口里怎么说得出来。"执行总裁凤姐也不会特遣助理平儿来说这一句话了："赵姨奶奶的兄弟死了，恐怕奶奶和姑娘不知有个例，若照常例，只得二十四两。如今请姑娘、奶奶裁度着，再添些也使得。"既然是有章可循的，为什么又要个案处理呢？自然是因为在凤姐心目中赵国基是探春的舅舅。

就连那位整日里"心无挂碍，只知道和姊妹们玩笑，饿了吃，倦了睡"的贾宝玉在和探春聊到因为探春给他做了双鞋子引发赵姨娘不满之事时，都对探春说："你不知道，她心里自然又有个想头了。"

李纨、凤姐、宝玉，这都是股东会成员，他们尚且这样想，下面的人就更不必说了。总裁助理平儿也在教训众媳妇时有意无意地随口道："那三姑娘虽是姨娘的姑娘，你们都看见了。二奶奶这些大姑子、小姑子里头，也就只单惧她五分。"凤姐对探春有所顾忌属实，但若说"这些大姑子、小姑子里头"，单只惧她，却是不切实际的。凤姐的大姑子是谁呀？皇妃贾元春。探春怎么可能爬到元春的上头？所以这句话不过是平儿做个话引子说说罢了,其目的只是强调一下"三姑娘是姨娘的姑娘"。

那么平儿为什么要这么做呢?这就不得不说是探春自找的了。作为领导者,必须时刻保持头脑冷静,不可意气用事,更不能随意迁怒于人,尤其是对平儿这种手握实权、行政管理级别跟自己旗鼓相当、离权力中心很近、群众威望又极高的人,更应该搞好团结。

可是探春呢,被她亲妈赵姨娘气昏了头,除了让平儿伺候她梳洗,又在平儿主动伺候她用饭的时候故意不让小丫鬟们去替宝钗要膳食,点名要平儿出去干活:"那都是办大事的管家娘子们,你们支使要饭要茶的,连一个高低都不知道!平儿这里站着作什么,你叫叫去。"于是才引出了前文所提及的平儿的话。

不过通过赵国基事件同时也折射出探春身上的一大优点,那就是原则性强。对于一个职业经理人来说,这一点至关重要。我们撇开剧情不提,就事论事,探春不仅仅是对别人要求严格,更重要的是她能严于律己,就算她亲妈来求情也绝不妥协,必须按章办事。

而且,探春的精明,尤其是财务管理能力也是毋庸置疑的。大观园里杂事一堆,千头万绪,她很快便从庞杂的事务中发现了管理的漏洞所在。

头一条便是各位公子哥儿们家学里所用的每年八两银子。这些银子是在每位公子的二两月例之外的,探春一眼便看出有人是冲着这八两银子才到学里点卯应名的,金荣、香怜、玉爱之流想必都是为了这个而来的。金荣的妈胡氏说:"人家学里,茶饭也是现成的。你这二年在那里念书,家里也少好大的嚼用呢。"当然薛大少这二年所帮衬的七八十两银子,不在本书讨论范畴,也就不展开了。

第二条便是诸位小姐们每月二两银子的脂粉钱。这一条非但是重复设置,而且因此滋生出多少营私舞弊的事端来。首先因为这项工作必定要增设一名买办,或是指定一名买办专门负责,无论哪种方式,都是资源浪费,因为小姐们自己又拿月例钱"别叫别人的奶妈或是兄弟、哥哥、儿子,买了来,才使得"。更为可恶的是,"若使了官中的人买去,照旧是那样。不知他们是什么法子,是铺子里坏了的不要了,他们都弄了来,单预备给我们的?"

平儿一语道破天机:"买办买的是那样的,他买了好的来,外办岂肯和他善开交,又说他使坏心,要夺这外办了。所以他们也只得如此，宁可得罪了主子，不肯得罪了外头办事的人。"这充分说明贾府的整个采购以及验收系统都有问题，监督机制严重缺失。所以探春一上台便将这一条给废除了，实在是明智之举。

以上两条只不过是探春的牛刀小试而已，最出彩的当然是在大观园里实行承包责任制了。虽说这一举措是受了赖大家那个小花园子管理的启发，但探春能够师人所长，举一反三，这是现代管理者必不可少的特质之一啊！时代发展如此之快，要想让企业跟得上节拍，每一层级的员工都必须有极强的学习能力和实践能力。而探春恰恰具备了这样的能力和魄力。

和探春的性格与能力反差最大的就是迎春了。下一节，我们就来说说贾迎春。

第二节　紫菱洲

紫菱洲的Boss是荣国府的二小姐贾迎春。她和探春的出身一样，都是庶出。但是从遗传学的角度讲，她的基因要远远优于贾探春。先来说说她们的爹。迎春的爹是承袭了世爵的贾赦，从贾琏的行动轨迹不难分析出，贾赦绝对不是像贾母说的那样成日里只知道搂着小老婆喝酒的人，因为贾琏多次出差基本上都是执行贾赦的指令。相反，探春的爹贾政才是个年轻时"诗酒放诞"，上了岁数喜欢与门客们清聊的酸腐文人。他们老哥俩其实也说不上谁更高明些，半斤八两吧，充其量都是投了个好胎的幸运儿。

再来说说迎春与探春的亲妈，那区别可就大了。邢夫人对迎春所说的话就很能说明问题："从前看来你两个的娘，只有你娘比如今赵姨娘强十倍的，你该比探丫头强才是。怎么你反不及她一半。谁知竟不然,这可不是异事。"由此可见,基因真的是会突变的呢!

对于迎春的整体评价,曹公只用了一个字"懦"就全齐活了!懦,胆小怕事,软弱无能。紫菱洲的日常管理便是这个"懦"字的集中体现。

累丝金凤事件是体现紫菱洲管理混乱最为典型的代表案例。

迎春的乳母竟然敢自作主张拿着主子小姐的累丝金凤出去质押,而且是因为赌输了,拿去谋赌本的。当迎春的乳母因为贾母亲自抓赌落网了,其儿媳王住儿家的居然还上门来逼着迎春去为她婆婆求情。当听见迎春说"嫂子,你趁早打了这妄想,要等我去说情,等到明年也不中用的。方才连宝姐姐、林妹妹大伙儿说情,老太太还不依,何况是我一个人。我自己愧还愧不过来,反去讨躁"时,王住儿家的便心里不快。此处要表扬一下迎春的大丫头绣橘,思路敏捷、条理清晰,当时便点出了问题的实质:"赎金凤是一件,说情是一件,莫绞在一处说。难道姑娘去说情,你就不赔了不成?嫂子且取了金凤来再说。"

但紫菱洲的混乱绝非一天形成的,而是由来已久。

所以当王住儿家的听迎春拒绝了自己，绣橘又一语中的时，恼羞成怒，索性将邢夫人的私心给抖了出来，说邢岫烟寄居紫菱洲，邢夫人让她将每个月二两月银省出一两给娘老子用，所以害得王住儿他们家倒贴了"少说些也有三十两"银子了。果然一语击中要害，迎春听见她说出了邢夫人的私意，哪里还敢多话，索性连金凤也不要了。

迎春的另一个大丫头司棋原本倒是一员猛将，曾经为了一碗蒸鸡蛋糕把厨房都给砸了，奈何此刻不巧，正病在床上，所以战斗力下降，虽然出来帮着绣橘，到底还是桌子、板凳一样高，谁也不服谁，三人乱吵一气。而迎春呢？根本就镇不住这场面，干脆拿本《太上感应篇》，自己到一旁看书去了。若不是那位刺玫瑰贾探春来了，还真不知道这事如何收场呢！

再就是司棋闹厨房的事。这也就是紫菱洲的人才会这样无组织无纪律，且做事不计后果。因为在司棋心中根本就无所顾虑，她不需要考虑厨房砸完她会不会被Boss责罚，因为她那个Boss贾迎春压根儿没脾气。也正因为司棋心中无所顾虑，抄检大观园时她才会是那个唯一的真正有事的人。她和她的表弟潘又安私通绝非一日，迎春对此却毫无察觉。

早在原著第二十七回中便有隐笔对此做了交代。小红替凤姐办完事，回来交差，却发现凤姐已离了山坡，便四处找寻，"见司棋从山洞里出来，站着系裙子"。有不少读者都认为司棋是在山洞中方便一下而已，我却以为不然。全书只有贾宝玉一个人有过在山石背后小解的记录，虽说鸳鸯也有过类似的情形，但那毕竟是夜深人静之时。

刘姥姥二进大观园时，胡吃海喝，吃坏了肚子，想要随地大小便时，众人都忙喝止她："这里使不得！"许多读者看到书中写着"命人带了她去东北角上去了"，便以为东北角上或许人迹罕至，所以让她去那儿解决。其实不然，东北角上是有厕所的，刘姥姥是在正式的厕所里解决个人问题的。原著第四十一回中明确写着那刘姥姥因为胡吃海喝，所以"不免通泻起来，蹲了半日方完。及出厕来，酒被风禁，且又年迈之人，蹲了半天，忽一起身，只觉得眼花头眩，辨不出路径"。而且在原著第七十三回中，贾母查赌所查获的主犯全部辞退，永不录用，从犯则"每人二十大板，革去三月月钱，贬入坑厕行内"。所以大观园里是有卫生设施的，是不可以随便给花花草草胡乱施肥的。

司棋是大观园里的正式员工，对各种设施设备了如指掌，真遇上紧急时刻，哪个院落里没有熟人？就近找哪家都能帮她救个急，何至于一个大姑娘大白天且又是满园子的人祭花神的日子里跑到山洞里去方便？！

正因为迎春日常疏于管理，才使得司棋的胆子越来越大，书信往来，传递物件，无所不为，最终失落了绣春囊，成为抄检大观园的导火索，而她自己头一个便成了炮灰。

也许有读者会说，原著中并没有指明绣春囊为司棋所有。别急，请您跟着我再回顾一下几个环节，就知道在下并非信口开河了。

先看第七十四回。众人从司棋的箱中搜出了"一双男子的棉袜，并一双缎鞋来。又有一个小包袱，打开看时，里面是一个同心如意并一个字帖"。字帖上写着："再赐香袋二个，今已查收外，特寄香珠一串，略表我心。""同心如意""香袋""香珠"，这说明司棋和她的表弟潘又安这对小情侣喜欢传递这些小东西以明心志。

另外，字帖上还写着："若园内可以相见，你可托张妈给一信息。若得在园内一见，倒比来家得说话。"

司棋得了信，自然是想方设法要与小表弟在园中相见了。既然见了，便不可能只是"一见"，自然是极有可能"一而再，再而三"。那绣春囊乃是傻大姐在园内掏促织，在山石背后所得，而鸳鸯撞破司棋的好事也是在山石背后。再加上凤姐对绣春囊所进行的专业技术鉴定："这香袋是外头雇工做的，请看带子、穗子一概是卖货。"所以这惹祸的根苗——绣春囊铁定了是司棋所遗失。

再回过头来说紫菱洲的管理问题。司棋传递了这些物件，迎春一概不知。司棋大晚上出去幽会，迎春依然一无所知。倘若迎春有宝钗一半的责任心，此类事件便不可能发生。宝钗在辅佐探春和李纨主持工作期间，白天探春和李纨在议事厅理事时，宝钗便一日在上房监察，至王夫人回方散，连晚上都兢兢业业，恪尽职守，"每于夜间针线暇时，临寝之先，坐了小轿，带领园中上夜人等，各处巡察一次"。

亏得紫菱洲编制少，人员又不复杂，若是像蘅芜苑那样你来我往，外来人员川流不息，更不知要生出多少事来。别说和蘅芜苑相提并论了，即便是下属员工最多的怡红院，也没出过紫菱洲这样的洋相。怡红院里不过就是些良儿偷玉、坠儿偷金之类的发生在小丫头们身上的小事。而紫菱洲则不然,犯的都是应该被通报批评然后除名的重大过错。这和良儿、坠儿所犯过错是有质的区别的。

迎春自己也说"自己愧还愧不过来",但是光是惭愧是解决不了问题的,得觉醒、改过才行。可惜,迎春天性一个"懦"字,至死也不曾改掉。这才让孙绍祖那个"中山狼,无情兽"随意作践,不敢反抗,以致"芳魂艳魄,一载荡悠悠"。

第三节　藕香榭

相对于迎春和探春，惜春太小，原著中着墨也不多，似乎没什么可说的，但她的藕香榭也是大观园中的一个独立单位，自然也不能将其忽略不计，而且恰通过惜春与尤氏在藕香榭的一番对话，还透露出有关宁国府的一些不足与外人道之的秘事。

所以这个惜春人虽小，却是不容小觑。她的藕香榭虽然不像蘅芜苑那样有外客常来常往，但内部人员却是没少去她那儿活动，却从未发生过任何令人不愉快的事件。这不得不说，首先是因为惜春善于用人，其次则不得不说她的大丫鬟入画是个执行力极强的人。

在原著第三十八回中，史湘云请客吃螃蟹，林黛玉菊花诗赋拿了冠军的那场大戏，大观园里算个人物的各级领导全都到场了，但藕香榭的接待工作一丝不乱。虽说凤姐才是总指挥，但谁家来了客人，主人能够完全置身事外呢？藕香榭的员工自然也是需要参与到各项接待工作之中的。惜春忙着应酬客人、看鸥鹭之类的事情呢，配合凤姐具体工作的自然就是入画了。

再有芦雪庵联诗后，贾母领着一大帮子人也是去了藕香榭。无论客人是如约而至还是突然造访，藕香榭永远是一副波澜不惊的样子。当贾母等人突然造访，贾母才下了轿，惜春已接了出来。到了惜春的卧房，又是"早有几个人打起猩红毡帘，已觉温香拂脸"。这就充分说明藕香榭的日常管理有条不紊，完全经得起上级领导的突击检查。反观她姐姐贾迎春的紫菱洲，客人都进了院子了，绣橘、司棋还在和王住儿家的忙着吵架呢！

大观园内的众小姐们惜春最小，所以藕香榭的日常管理她的大丫鬟入画肯定是功不可没。即使是在抄检大观园的当晚，还因为"惜春年纪尚幼小，吓得不知当怎样"，凤姐还"少不得安慰她"。谁知当她听说在入画的箱子里搜出了她哥哥的东西时，惜春立刻让人请来尤氏，叫她把入画带走。原著的字面说法是"谁知惜春虽年幼，却天生成一种百折不回的廉介孤独僻性，任人怎说，她只以为丢了她的体面，咬定牙断乎不肯"继续留用入画。

　　这叫个什么解释？诸位可切莫被曹公看似随口编撰的这几个词给糊弄了。若真只是"廉介孤独僻性"这个原因，又何必再说下面的一段话呢？"不但不要入画，如今我已大了，连我也不便往你们那边去了。况且近日我每每风闻得有人背地里议论多少不堪闲话，我若再去，连我也编派上来。"当尤氏责问她说"谁议论什么？又有什么可议论的！姑娘是谁？我们是谁？姑娘既听见议论我们，就该问着他才是"时，她的回答更绝情了："你这话问着我倒好。我一个姑娘家，只有躲是非的，我反去寻是非，成个什么人了！还有一句话：我不怕你恼，好歹自有公论，又何必去问人。"

　　诸位细品：这是一个"年纪尚幼小，吓得不知当怎样"的未成年人说得出来的话吗？惜春不是不知道入画是冤枉的，否则她就不会在尤氏骂入画的时候说："你们管教不严，反骂丫头。"她只是不想错过这个和宁国府断绝往来的好机会而已，所以不得不牺牲入画，关键是她嘴上说："快带了她去。或杀，或卖，我一概不管！"其实她心里清楚得很：入画的哥哥在贾珍手下办事，若不是得力干将，怎么可能得了那许多的赏赐！"一大包金银锞子，约共三四十个，又有一副玉带板子并一包男人的靴袜等物。"所以入画跟着尤氏回宁国府，是绝对不可能被杀、被卖的。而且她自己最终到底还是没忍住说了出来："我不了悟，我也舍不得入画了。"

至于究竟是什么原因导致惜春这么急于想要摆脱和宁国府的牵连，读者自然可从柳湘莲的话里窥察些端倪："东府里除了两个石头狮子干净，只怕连猫儿狗儿都不干净。"

另，诸位若有闲的话可以翻看拙作《贾琏传》，里面有在下对这一环节的胡乱猜想，博诸君一笑耳。

说了这么多，可能有读者要着急了，怎么还不说林黛玉啊？那可是女主角啊！不好意思，在这本书里，她可不是什么女主角，不过和众人一样，也是大观园里的一个独立小单位的小Boss而已。别急，下一章我们就说林妹妹和她的潇湘馆。

第六章

潇湘馆

潇湘馆归原著中的女主角林黛玉所有,因为没有金玉相配,曹公便用别的方法来弥补缺陷。一是木石之说。贾宝玉有玉,"石之美者谓之玉",也就是贾宝玉有石头了,林黛玉便住在翠竹丛生的潇湘馆,这便有了木。二是色彩的搭配上。与中国"红男绿女"的传统文化相契合,贾宝玉住在怡红院,林黛玉住在潇湘馆。"潇湘馆"三个字中虽无"绿"字,但院内的千百竿翠竹却时时处处皆是"绿"。

其实要说潇湘馆的管理问题真是不太容易,因为原著中对于这一所在的情境设定大多是与情爱相关,人员结构也相对简单,除了林黛玉从南方老家带来的奶母王嬷嬷和小丫头雪雁外,其余人等应该都是监事会主席贾母亲自委派的。当然,也并不是说只要是上级委派的就一定都根红苗正、作风正派、工作严谨,晴雯、司棋都是典型的反面教材。晴雯就是贾母钦定的"将来可以给宝玉使唤的"姨太太候选人，司棋则是邢夫人的人。

说到姨太太候选人，则不得不唠叨两句了。一个岗位安排两个人，有的时候的确能起到相互督促的作用，也可以有效避免由于其中的一位因为各种原因闹情绪所造成的岗位缺失，但是因此而引发的内讧、内耗亦是在所难免。晴雯和袭人就是活生生的例子。

不过人员简单也同样不代表就没有麻烦事，迎春的紫菱洲便是个例子，人不多，事不少。相对而言，林黛玉虽不及薛宝钗沉着稳重，但在潇湘馆，她还是完全镇得住的。而且林黛玉有一条优点是连代理CEO探春和李纨都自愧不如的，那就是她"喜散不喜聚"。这恰是当今社会人们时时推崇的"管理者要学会享受孤独"的独特品质。林妹妹不用学，天生就会"享受孤独"。这样的人通常都很自律，否则如何耐得住寂寞呢？！怡红夜宴时，这一点表现得尤为突出。人人都往桌子跟前拥着凑热闹，独"黛玉却离桌远远的靠着靠背，因笑向宝钗、李纨、探春等道：'你们日日说人夜饮聚赌，今儿我们自己也如此，以后怎么说人？'"平日里一向循规蹈矩的李纨兴之所至，一时忘情，竟笑道："这有何妨？一年之中不过生日、节间如此，并无夜夜如此，这倒也不怕。"

此外，林黛玉的精明其实一点也不比探春和宝钗差，关键是她一不缺钱花，二是没人敢惹她，所以她也就没必要像探春和宝钗那样处处留心、时时圆滑了。我这么说，一定有读者要不服气。著名的《葬花吟》里，林黛玉明明悲叹道："一年三百六十日，风刀霜剑严相逼。"怎么我居然说没人敢惹她？

是的，的确如此。如果我说林黛玉是个文艺小青年，多愁善感、无病呻吟其实是她的每日必修课，读者诸君信吗？其实曹公就是要把林黛玉塑造成这样的文青模样，这一点我就不一一列举了，什么"喂燕子"啦、"葬花"啦，实在太多了，举不胜举。连紫鹃和雪雁对于林黛玉的种种幽怨行径都早已见怪不怪、习以为常了。"紫鹃、雪雁素日知道林黛玉的情性：无事闷坐，不是愁眉，便是长叹；且好端端的不知为什么，常常的便自泪自干的。先时还有人解劝，或怕她思父母，想家乡，受了委屈，只得用话宽慰解劝。谁知后来一年一月的竟常常如此，把这个样儿看惯，也都不理论了。"这就叫萝卜青菜，各有所爱，曹公他老人家就好这一口。诸位看他对林黛玉的出场描述："身体面庞虽怯弱不胜，却有一段自然风流态度，便知她有不足之症。"在我们今天的读者眼中，这分明就是个小病秧子，可是在曹公眼中，那就是"一段自然风流态度"。

再看宝黛初见时，贾宝玉眼中的林黛玉就更进一步表达了曹公的审美了："两弯似蹙非蹙冒烟眉，一双似喜非喜含情目。态生两靥之愁，娇袭一身之病。泪光点点，娇喘微微。"整个就是一哮喘病人的感觉，但是曹公可不这么认为。他为了证明不仅仅是贾宝玉喜欢林黛玉，就连薛蟠这种大老粗也是能够欣赏林黛玉的美的，特意在原著第二十五回中凤姐和宝玉中了马道婆的招，大观园里乱成一团时，给了薛蟠一个看见林黛玉的机会，"忽一眼瞥见了林黛玉风流婉转"，然后就让他"酥倒那里"了。由此可见，在曹公的笔下，林黛玉的美是不论哪个阶层都认同的。

所以林黛玉在贾府的处境，《葬花吟》真的不足为凭。如果说她初进贾府时"步步留心，时时在意，不肯轻易多说一句话，多行一步路，只恐被人耻笑了她去"，那么等到她稍微混熟了些，她可就不是这样的了。周瑞家的乃是王夫人的陪房，给她送宫花，她一点面子也不留："我就知道，别人不挑剩下的，也不给我。"一句话便怼得周瑞家的"一声儿也不言语",亏得宝玉解围。

说起来刘姥姥怎么也算是王夫人娘家的亲戚,可是林黛玉却当众调侃说:"哪一门子的姥姥,直叫他个'母蝗虫'就是了。"这话若传到王夫人耳中,王夫人会怎么想呢?

再就是宝玉的乳母李嬷嬷不让宝玉吃酒,林黛玉当时便咕哝说:"别理那老货,咱们只管乐咱们的。"当李嬷嬷强笑着说:"林姑娘!你不要助着他了。你倒劝劝他,只怕他还听些。"林黛玉却立马冷笑道:"我为什么助着他?也犯不着劝他。你这妈妈也太小心了,素日老太太又给他酒吃,如今在姨妈这里,多吃一口,也不妨事。必定姨妈这里是外人,不当在这里的,也未可知。"那李嬷嬷听了,只得又强笑说:"真这林姐儿,说出一句话来,比刀子还尖。你这算了什么?"亏了宝钗打岔解围,方免了大家尴尬。

在原著第三十六回中,薛宝钗坐在贾宝玉身旁绣鸳鸯,被林黛玉看见,于是招手叫史湘云过来看热闹。史湘云的反应是:"想起宝钗素日待她原好,便忙掩住口。知道林黛玉口里不让人,怕她取笑,便拉过她来道:'走吧!'"借口去找袭人将她拖开了。林黛玉自己心里也有数，于是只得冷笑两声，随着湘云走了。

在原著第二十七回中，当小红听说自己和坠儿的悄悄话有可能被林黛玉听去时，脱口便说："若是宝姑娘听见了，还倒罢了。林姑娘嘴里又爱刻薄人，心里又细，她一听见了，倘或走漏了，怎么样呢？"

林黛玉的口无遮拦不单单是对内部人员如此，对客人也一样。当薛宝琴说自己有张真真国女孩子写的诗留在南京老家没带来时，她立时笑道："你别哄我们。我知道你这一来，你的这些东西未必放在家里，自然都是要带了来的，这会子又扯谎说没带来。他们虽信，我是不信的。"也许她说这话并无半点恶意，但却将薛宝琴将了个大红脸，只得"低了头微笑不语"。

诸位，此处务必要引以为戒啊！职场当中，切忌林黛玉这样当面叫人下不来台，哪怕你是无心的，也极易得罪人于无形之中。若无薛宝钗救场，真不知薛宝琴如何下得了台呢！宝钗听了黛玉的话，立马笑道："偏这个颦儿惯说这些白话，把你就伶俐的。箱子、笼子一大堆，还没理清，知道在哪个里头呢！等过日收拾清了，找出来大家再看就是了。"

这样的例子还可以找出N个，可见对林黛玉的嘴不饶人,大观园里的老老少少、上上下下,无人不知,无人不晓。只有她刻薄别人的份儿,哪有人敢明着招惹她的?!她到底有没有说话小心谨慎的时候?除了初来乍到那会儿,可就只有在一个人面前她说话比较小心了,那就是妙玉。

栊翠庵品茶,她只是随口问了一句:"这水也是旧年的雨水么?"妙玉居然冷笑道:"你这么个人,竟是大俗人,连水也尝不出来。这是五年前我在玄墓蟠香寺住着,收的梅花上的雪,共得了那鬼脸青的花瓮一瓮,总舍不得吃,埋在地下,今年夏天才开了。我只吃过一回,这是第二回了。你怎么尝不出来?隔年蠲的雨水火爆气不尽,如何吃得?"平时小刺猬一般的林黛玉被她冲了一顿,却是一点脾气也没有,反而"知她天性怪僻,不敢多话,亦不敢多坐,吃过茶,便约宝钗走了出来"。

林黛玉在妙玉面前所表现出来的谦恭谨慎可不仅仅是这一回。凹晶馆联诗时,她也是看见妙玉"十分高兴"才敢赔笑说:"从来没见你这样高兴。若不见你这样高兴,我也不敢唐突请教,这还可以见教否?若不堪时,便就烧了;若可改正,即请改正改正。"如果说林黛玉平时"孤高自许，目下无人"，那是她恃才傲物，那么她对妙玉的恭敬只能是她服帖妙玉的才华。可是她有上述表现时，她对妙玉的才华还一无所知呢！原著中明白写着："黛玉从无见妙玉作过诗，今见她高兴如此，忙说：'果然如此，我们的虽不好，亦可以带好了。'"所以林黛玉对妙玉的态度实在是太过蹊跷了。在下于拙作《贾琏传》中给出了一个自认为合理的答案，诸位有兴趣可找来一看。

除了妙玉之外，何尝看见林黛玉对谁这么小心翼翼过？那她为什么还要悲叹"一年三百六十日，风刀霜剑严相逼"呢？抛开曹公对于人物形象的进一步完善，以及他自己想要借题发挥的因素外，也许正如辛弃疾的《丑奴儿》所说："少年不识愁滋味，爱上层楼。爱上层楼，为赋新词强说愁。"林黛玉其实真的是不识愁滋味。她虽孤身一人在荣国府，可是贾母把她和贾宝玉一样当成命根子；林如海病重，贾母特意派了贾琏亲自护送她回老家。贾琏可是荣国府真正的CEO兼CFO啊，每天日理万机，处理林如海这样的事，坦率说真不需要贾琏亲自出马，而且一去就是将近一年的时间，对林黛玉的重视程度可以说是无以复加。更不用说贾府的"凤凰"贾宝玉了,绝对是将她看作心尖子上的心尖子。

若说她没爹没妈,孤女一个,人家史湘云也是"襁褓之间父母违,现在跟着叔叔婶婶过活,天天针线活计做到三更天"。林黛玉呢?"旧年好一年的工夫,做了个香袋儿;今年半年,还没见拿针线呢。"这是袭人对湘云说的悄悄话,"饶这么着,老太太还怕她劳碌呢"。

还拿史湘云做对比。史湘云一个月"通共那几串钱"。岂止是史湘云,威风八面的三小姐贾探春,十来吊钱要存好几个月。更别说那小可怜邢岫烟了,穷得只能当衣裳花了,可怜大冷天冻得"拱肩缩背"。再看林黛玉呢?别管贾琏到底有没有带了林家的财产回来,贾府在物质方面从未亏待过林黛玉是不争的事实。贾母定期或不定期地给林黛玉送零花钱是众所周知的事实。在原著第二十六回中,怡红院的小丫头佳蕙去潇湘馆送茶叶时,就遇到过一次贾母给林黛玉送钱。小姑娘显然见怪不怪,当她向小红复述时并没有流露出半点诧异,可见贾母给林黛玉钱花这在大观园里是完全公开的。

有读者看到书中说林黛玉正将钱分给她的丫头们,便认为这是丫头们的月例。关于这一点,在拙作《漫品红楼》中有过详细论述,此处不再赘述,有兴趣的读者可找来一阅。林黛玉打赏佳蕙是随手抓了两把，给薛宝钗差来送燕窝的老婆子的赏钱也是几百钱，而且还不是仅此一回，因为那婆子笑道："又破费姑娘赏酒吃。"一个"又"字，说明至少是第二回了。

也许有人看到此处会说：哎呀，这说明林黛玉完全没有经济头脑呀！一点数字概念没有，管理企业怎么能这样呢？随手、随口打赏，资金使用一点预算也没有。错！林黛玉可不是不算账的人。她非但算，还常算，非但替自己算，还替别人算，还替整个集团公司算大账。在原著第六十二回中，林黛玉自己就亲口对贾宝玉说："我虽不管事，心里每常闲了，替他们算着，出的多进的少，如今若不省俭，致后手不接。"既然这样，那为什么林黛玉花钱还这么大手大脚的呢？那就只有一个答案了：有钱！任性！正如贾宝玉所说："凭他怎么后手不接，也短不了咱们两个人的。"当时林黛玉听了，是没有理他，转身就去找薛宝钗去了。

此处有个细节，必须得提醒诸位留神。黛玉去寻宝钗，恰好袭人端了一盏茶来。袭人的既定角色是宝玉未来的姨太太，姨太太给正房夫人奉茶这是规矩。而袭人所奉的这杯茶，最终还是让宝钗先喝了。所以高鹗所续的"金玉良缘"还是合乎情理的,只不过形式尚需斟酌。当然,这也是仁者见仁,智者见智罢了。在下只是不明白:为什么要让林黛玉喝了那半盏剩茶?且留待他日有高人释疑吧!

至于林黛玉为什么走开,相信读者诸君都明白,我就不废话了。总之,她可不是因为不赞同贾宝玉的说辞才走开的。其实她心里和贾宝玉的想法完全一致,否则她那么会算账,说不定早就和李纨一样防患于未然了。

下一章,我们就来说说李纨和她的稻香村。

第七章

稻香村与栊翠庵

我觉得必须将李纨的稻香村和妙玉的栊翠庵放在一处说才有意思。关于李纨和妙玉之间的恩恩怨怨，在拙作《漫品红楼》和《贾琏传》中皆有相关描述，此处就不再啰嗦了。

想象当中诸位是不是觉得稻香村乃是李纨这个"槁木死灰"的寡妇居处，自然是清幽无比，跟妙玉的栊翠庵大同小异才对呀？还真不是。稻香村里人来客往，热闹得很，其人口的流动数量与流动频率与蘅芜苑有得一比。抛开小姐们日常在稻香村集合说事这一层，单说在稻香村内留宿的流动人口数量就是大观园里无人可比的。

首先是李纨娘家的婶婶（李婶）母女三人"时常来往，住三五日不定"；其次是贾母等人外出公干，又将薛宝琴送到稻香村，让李纨照管。贾母八旬大寿，两府同庆，"尤氏晚间也不回那府里去，白日待客，晚间陪贾母玩笑。又帮着凤姐料理出入大小器皿以及收放赏礼事务。晚间在李纨房中歇宿"。为此还惹出了一场无谓的风波。只因尤氏看见角门未关,便随口让小丫头传话叫人关门。谁知小丫头支使不动荣国府的员工,又听了几句蔑视尤氏的话语:"各家门,另家户,你有本事,排场你家人去。我们这边,你们还早些呢!"此事被王夫人的陪房——周瑞家的借题发挥,公报私仇,借了凤姐的令趁机收拾了那两位惹事的员工。岂知那两位既敢说大话,也是有背景有靠山的,其中一位乃是邢夫人的陪房费婆子的亲家,结果弄得凤姐无缘无故让邢夫人当众臊了一通,气得私下里还哭了一场。

同样发生在贾母祝寿期间,有两位贾氏族中的姑娘名叫喜鸾和四姐儿,深得贾母喜爱,于是将她们留在大观园里住宿。住哪儿了?原著中并未明说,但是晚上贾母临睡觉前突然想起她两个来,特意叫了一个老婆子来吩咐说:"到园里各处女人跟前吩咐吩咐,留下的喜姐儿和四姐儿虽然穷,和家里姑娘们是一样,大家照看经心些。我知道咱们家的男男女女都是'一个富贵心,两只体面眼',未必把她两人放在眼里。有人小看了她们,我听见,可不饶!"

监事会主席精力充沛自然是好事，但由此可见贾府管理制度的缺失。哪个级别领导的客人应该享受什么级别的招待待遇，这就如同一个企业的差旅费报销制度一样，哪个级别的员工应该到哪个级别的城市出差，不用问人，自己就应该对号入座，合理消费。每个企业的商务人员无一例外地都希望自己是那个游离于制度之外的人。当然在企业的日常运营过程中，肯定少不了各种突发事件，需要特事特办，但若是无章可循，全靠临时关照，企业管理岂能不乱？也极易出现多头管理、交叉管理的现象，给企业管理增加无谓的工作量。高层领导的垂直指示，从短期看来，及时有效，但长此以往，则容易滋生各种腐败行为，还极易在企业内部形成"机会主义"的企业文化氛围，这可绝对不是危言耸听。若读者诸君中有企业管理者，请细细思量一下，回想回想自己的职业生涯中有没有过类似的体验？

好了，把话再说回到喜鸾和四姐儿身上。窃以为，曹公于此处插入这俩人，绝非闲笔，且又有贾母如此重视，不独是晚间如此关照，早于白日里就已见她二人"生得又好，说话行事与众不同心中喜欢，便命她两个也过来榻前同坐。宝玉却在榻上脚下捶腿"。诸位皆知，贾宝玉是荣国府里的"凤凰"，此处突然来了个喜鸾，焉知来日不会有一出"凤求鸾"抑或"鸾凤配"呢？更何况后文还有喜鸾所说的一席话做注脚："二哥哥……等这里姐姐们果然都出了门……我来和你作伴儿。"当然这纯属在下自己胡乱猜想，反正在下是在《贾琏传》中玩儿了一把，只当是自圆其说，博诸君一乐吧。

鸳鸯听了贾母的话，便说道："我说去罢。他们哪里听她的话！"鸳鸯这句话对我们又是一个警示。同样一句话，却因传话的人不同所起到的作用也不同，这说明了什么？企业的规章制度不能只靠口头传达，一定要有明确的文字说明，这样无论是传达还是执行，乃至将来的问责，都一目了然，有章可循。鸳鸯进了园，先到稻香村。为什么要先到稻香村？当然是喜鸾和四姐儿是被安排在稻香村内歇宿的。

再便是平儿，因为贾琏与鲍二家的偷情被凤姐抓了个现行，无辜牵连平儿挨了打，当天晚上也是留宿稻香村。

怎么样？是不是哪儿也没有稻香村的人员流动频率高？栊翠庵正好和稻香村相反，除了贾母曾经领着刘姥姥一伙上那儿去品过一回茶，书中几乎再没什么明确的描述了。但这是否就意味着栊翠庵人迹罕至，妙玉就成日里闭门修行呢？那倒也不是。贾宝玉、薛宝琴就都到栊翠庵去讨要过红梅花，而邢岫烟更是闲来无事，时常去找妙玉聊聊天、唠唠嗑的。林黛玉应该和妙玉也比较熟悉，否则当李纨让贾宝玉去栊翠庵讨要红梅时，她就不会说："有了人反不得了。"也不会在妙玉给她和史湘云的中秋联诗续句时说："从来没见你这样高兴。"

妙玉自己呢，也时不时地会主动出击一下，正如邢岫烟所说："僧不僧，俗不俗，女不女，男不男。"她一个出家修行之人，自己也想要跳出红尘，不受俗世纷扰，但大观园里的桃红柳绿、才子佳人，其魅力又实在是难以抗拒。她想要抛开性别概念，和贾宝玉之间建立纯粹的友谊，却又在不知不觉中和贾宝玉玩起了暧昧，这才有了"槎枒谁惜诗肩瘦，衣上犹沾佛院苔"这等令读者想入非非的诗句。而且在贾宝玉过生日的时候，妙玉还送了张生日贺卡给他，却又掩不住少女的心扉，选了张粉色的信笺。

她想请贾宝玉喝茶，明知贾宝玉是林黛玉的跟屁虫，却故意拉了宝钗和黛玉出来，让贾宝玉不请自到，然后嘴上说贾宝玉"你这遭吃茶是托她两个的福,独你来了,我是不能给你吃的",可是在整个品茶的过程中,只林黛玉问了句:"这水也是旧年的雨水么?"还被她讥为"大俗人"。其余都是她在和贾宝玉一唱一和地说着话。精于世故的薛宝钗只在贾宝玉刚进来时随大流说笑了一句:"你又赶了来作什么?这里并没你吃的。"但她很快便看清了苗头,再不多说一句话。

中秋夜家家团圆之时,妙玉心中亦是有所动的,否则她就不会走出栊翠庵,还在暗中偷听了好半天林黛玉和史湘云联诗。虽说不是故意要偷听,但是她没有立即走出来打招呼,后面的时段就可以叫作偷听了,这样的行为肯定不是佛主所愿。更何况她后头的自称就更加荒唐了:"若只管丢了真情真事,且去搜奇检怪,一则失了咱们的闺阁体,二则也与题目无涉了。"她分明是个出家人,怎么就成了"闺阁体"了?

不过上面说的这些并不影响妙玉对于栊翠庵的管理。妙玉应该是个合格的管理者,这一点从贾母品茶这一节便可窥一斑。栊翠庵并没有因为是个修行场所便一派萧肃清冷,反而是"花木繁盛",连贾母都赞道:"到底是他们修行的人,没事常常的修理,比他处的越发好看了。"相比较而言，反而是宝钗的蘅芜苑更像个清修之地。

至于李纨的稻香村则虽非清修之地，却也像个归隐之所。"一带黄泥筑就矮墙，墙头皆用稻茎掩护。"然而曹公却又偏叫此处"有几百株杏花，如喷火蒸霞一般"，以此来映衬李纨那颗依然充满青春活力的心，所以怡红夜宴时李纨所言"这有何妨"才不突兀。

紧接着"里面数楹茅屋，外面却是桑、榆、槿、柘，各色树木新条，随其曲折，编就两溜青篱。篱外山坡之下，有一土井，旁有桔槔辘轳之属。下面分畦列亩，佳蔬菜花，漫然无际"。诸位，发现了没？稻香村与别处的不同之处，区别不仅仅是建筑风格，而是产业结构。稻香村是个有农村产业的生产单位。

我不能确定在原著第四十五回中王熙凤所说的"又给你园子地，各人取租钱"所指的园子地，是不是稻香村这一片"漫然无际"的"佳蔬菜花"田，但无论是与不是，李纨的日常管理都比园内其他单位要多出一项工作内容，而她也毫无疑问是一个成功的管理者。虽然在预示李纨结局的《晚韶华》中写道"虽说是，人生莫受老来贫，也须要阴骘积儿孙"，但这还是从另一个角度告诉我们，李纨的经营管理是成功的。她的精于算计甚至引起了凤姐的妒忌，借着请她当社监的机会，当着众人的面着着实实地给李纨盘了一回总账，半真半假地掀了一回李纨的老底："你一个月十两银子的月钱，比我们多两倍子""因有个小子，又添了十两，和老太太、太太平等。又给你园子地，各人取租钱。年终分年例，又是上上分儿。你娘儿们，主子奴才共总没十个人，吃的穿的仍旧是官中的。一年通共算起来，也有四五百两银子。""亏你是个大嫂子呢！""这会子他们起诗社，能用几个钱，你就不管了？"平心而论，李纨的爱财还是可以理解的。虽然有贾母和王夫人的日常照拂，但连贾母都说："咱们家的男男女女都是'一个富贵心，两只体面眼'。"李纨孤儿寡母，靠谁都是临时的，只有真金白银才是王道啊！古今中外的女人无一例外，便是当今社会也依然不过如此而已，只是换一种说法罢了，叫作"女人最重要的是能为自己想要的生活买单"，或是"女人所有的退路，都是钱给的"。英国有位名叫伍尔夫的女作家曾经说过："一个女人如果想写小说，就必须有钱，以及一间自己的屋子。"那位爱尔兰的大才子奥斯卡·王尔德有句名言："年轻的时候，我以为钱就是一切，现在老了才知道，确实如此。"所以对于李纨，大家还是理解万岁吧！

不过凤姐算得再细，也有算不到之处。贾兰学里的八两银子以及每月额外的二两银子脂粉钱，她就没有算到。尤其是脂粉钱，对于李纨而言，那是净得的，因为她根本用不着，也不敢用，不能用。在原著第七十五回中，尤氏在稻香村洗脸，用的就是李纨的丫鬟素云的化妆品。想必平儿留宿稻香村要么晚上没卸妆，反正在怡红院刚用上好的胭脂花粉由贾宝玉亲自侍奉上的妆，不卸也罢，要么就也只好和尤氏一样，只能用素云、碧月的了。不过前文也已说过，这两项外快后来全都被贾三小姐给免除了。

既是说到了凤姐，而且大观园里的几处单位也都说遍了，下面索性便接着说说凤姐那个小院子吧。

第八章

凤姐的小院与宁国府

前文曾提到过凤姐的主要办公场所就是她的住处，有时也会在王夫人的上房或是贾母房中现场办公，但这些地方都不是她展示才能的大舞台。在原著中，凤姐正式登台表演的场地是在宁国府。所以本章将凤姐的小院与宁国府那个大宅院合在一处讲。

第一节　凤姐的小院

凤姐手下有几名得力干将，比较著名的有赖大家的、林之孝家的、张材家的、周瑞家的、旺儿家的、吴新登家的，估计她们平时请示汇报工作大都是在凤姐的小院。而且依照凤姐在宁国府点卯这一环节，荣国府的员工平时上下班也是要打卡记考勤的。

这几位管家娘子，读者最熟悉的应该是周瑞家的。她的戏份最多，整个贾府的故事也是由她的女婿冷子兴来开篇的。著名的刘姥姥也是由她引进到大观园的。

还有一位戏份不多，可是给读者留下的印象却很深刻，就是吴新登家的。这位管家娘子因为代表老员工对探春和李纨进行火力侦察失败而声名远播。她原来的计划是："若办得妥当，大家则安个畏惧之心；若少有嫌隙不妥之处，不但不畏服，一出二门，还要编出许多笑话来取笑。"

可见当年凤姐新官上任之初必定也是要经过这一关的，否则她也不会对贾琏感慨了："咱们家所有的这些管家奶奶们，哪一位是好缠的？错一点儿，她们就笑话打趣；偏一点儿，她们就指桑说槐的抱怨。'坐山观虎斗'，'借剑杀人'，'引风吹火'，'站干岸儿'，'推倒油瓶不扶'，都是全挂子的武艺。"所以凤姐能有今日之威，完全是靠实力取得的。

这样的老员工相信每个企业都比比皆是，也一定有新员工甚至新领导被他们或气或逼，不得已拂袖而去的。人员的正常流动是企业人才更新换代的正常体现，但是如果一个企业放眼看去，一半以上都是待了十几年甚至更久的老员工，企业领导者就真的可以静下心来好好反思一下了。尤其是民营企业，尤其是民营小微型企业，满眼都是元老，这对企业而言，真的不是福，而是灾难。

从前国有企业有个"顶职"的制度，不知诸位是否记得或是听说过。根据这一制度，父辈退休了，他的编制就可以由其子女继承，所以一家大中型的企业，员工关系常常是千丝万缕。这可能也是导致当年那些国企衰败的原因之一吧。不过好笑的是，现在居然还有不少民营企业在仿效这一做法。只不过中国的民营企业都还很年轻，都还没熬到老子退休儿顶职的时候，于是就有叔伯子侄、夫妻舅姨、兄弟姊妹在一个企业工作的。真不知这些民企的老板是怎么想的？我猜八成是实在无人可用，又实在是人才紧缺，却又实在是招募不到新人。不知有此等作为的民企老板们是否意识到这样的"叔伯子侄、夫妻舅姨、兄弟姊妹"的人力资源架构是个死局呢？！

闲话少说，言归正传。凤姐的干将比较有名的接下来该是林之孝家的，她能够为众多的红迷所重视完全得益于她有个与众不同的女儿——小红。小红在怡红院就像是一只瓢，只要一露头就会被一巴掌按下去。是凤姐慧眼识人，只通过一件事便发现了小红是个人才，将她直接调到了自己身边，委以重用。到了清虚观打醮的时候，她已经是和平儿、丰儿一起跟着凤姐外出公干的人物了。她在怡红院可是给贾宝玉倒杯茶都被秋纹和碧痕啐了一脸的。这是连升三级的节奏啊！更别说她主动出击，成功俘获贾府的正经爷们儿贾芸这事了。

林之孝家的本人呢？在凤姐眼中，她和她老公林之孝"都是锥子扎不出一声儿来的","配就了的一对夫妻,一个天聋,一个地哑"。这当然是表象,实际上小红的伶牙俐齿恰是传承了父母的遗传基因。

林之孝家的长篇大套的发言,原著有几处详细的描写。最有名的一处是第六十三回《寿怡红群芳开夜宴》,林之孝家的把怡红院从上到下教训了个遍。其次便是第七十一回贾母大寿时。人多事多,有与周瑞家的不和的婆子得罪了尤氏。周瑞家的公报私仇,借凤姐之名将林之孝家的召来加班。林之孝家的听赵姨娘说了前因后果,当时便笑道:"原来如此,也值一个屁!开恩呢,就不理论;心窄些呢,也不过打几下子就完了。"此处曹公特意加了一笔:"赵姨娘原是个好察听的,且素日又与管事的女人们扳厚,互相连络,作首尾。"诸位,赵姨娘可不是我们通常所想的那样,人见人厌,孤军奋战,她也是有自己的同盟军的。

第三个场景便是"判冤决狱平儿徇私"那一回中,林之孝家的收了秦显家的"一篓炭,五百斤木柴,一担粳米"后,假装漫不经心地向平儿提及:"恐园里没人伺候姑娘们的饭,我暂且将秦显的女人派了去伺候。一并回明奶奶,她倒干净谨慎,以后就派她常伺候罢。"

当平儿说不知此人时,林之孝家的赶紧解释说,那秦显家的平时是上夜班的,白天不大露面,所以平儿不知。不过,妙就妙在她后来补充的那几句对秦显家的相貌的描述:"高高的孤拐,大大的眼睛,最干净爽利的。"何其精确、传神!这哪是什么"锥子扎不出一声儿来"的人的表达方式?!

再便是在第六十二回中,宝玉、宝琴、平儿、邢岫烟四个人同一天过生日,于是便在红香圃开了个大Party。贾母、王夫人都不在家,林之孝家的还是颇有责任心的,带领手下时刻关注现场治安,"深恐有正事传唤,二者恐丫鬟们年轻,乘王夫人不在家不服约束,恣意痛饮,失了体统"。可见企业员工新老交叉还是有必要的,全是老人必然死水一潭,若全是新人,则难免随心所欲,怡红夜宴便是个典型的例子。一帮子小姑娘自在为王,无人管束,芳官直接喝得睡到了贾宝玉的床上,为她自己将来被撵出大观园埋下伏笔。不过这事袭人到底是有心还是无意就不在本书探讨范畴了,因为是袭人"将芳官扶在宝玉之侧,由她睡了"。第二天袭人却笑着对芳官说:"不害羞,你吃醉了,怎么也不拣地方儿乱挺下了。"

至于旺儿家的，也是因为子女出的名，只因她儿子"吃酒赌钱，无所不至"却还仗着自己老子娘是王熙凤的陪房想要强娶王夫人的大丫头彩霞。中途又有林之孝出来打抱不平："虽说都是奴才们，到底是一辈子的事。彩霞那孩子这几年我虽没见，听得越发出挑的好了，何苦来白糟蹋她作什么！"再加上后来因为彩霞的事又引出了赵姨娘告状、小鹊儿告密这一系列的事件，使得旺儿家的得以被读者牢牢记住。

反而是排名第一的赖大家的并没有什么特别的戏份。读者之所以能够记住她，首先是因为他们家那个小花园子。探春对于大观园所进行的改革整顿就是受了她家小花园子的经营思路的启发。其次是她儿子赖尚荣，一个奴才的儿子，居然做了州官。不过读者可不是因为这个记住了赖大家的，而是因为赖尚荣的酒宴害得薛大少挨了柳湘莲的那顿暴揍，再就是晴雯本是赖大家的送给贾母的一份小礼物。

这几位以及那些没她们戏份足的管家娘子，无论有名还是无名，都是身怀"全挂子的武艺"之人，驾驭她们绝非易事。凤姐的管理能力可想而知，而且其才能原著也有明确的注脚："凡鸟偏从末世来，都知爱慕此生才。"又说是:"机关算尽太聪明,反误了卿卿性命。"先别管其文学宿命如何,此人的聪明智慧、管理才能的确是无可争议的。尤其是协理宁国府一事,将凤姐的办事能力、敬业精神、处事魄力都充分地展示了出来。有读者会说:"凤姐的能力与魄力不用你说,看书我也能看出,只是这所谓的敬业精神从何谈起?"下面我们就单说说凤姐的敬业精神。

那凤姐刚答应了贾珍的请求,还没正式上岗便已进入了工作状态。王夫人等人都回荣国府去了,只有她留了下来:"太太只管请回,我须得先理出一个头绪来,才回去得呢。"反观我们现实中有几个人能做到这一点?万般无奈加个班还得先将各种道具放好,拗几个造型,摆几个Pose,先发个朋友圈,宣告一下自己有多敬业、多辛苦,若是企业大一点的,顺便再晒一晒单位食堂的伙食。

上岗第一天,王熙凤"卯正二刻便过来了"。大家都知道,秦可卿死在寒冬腊月,这一大早上的,天寒地冻,王熙凤还得梳妆打扮,说明起得更早了!秦可卿的五七止五日,凤姐担心客人多,所以得打扮得正式些,更是寅正时分便起床了。且并不是新官上任三把火,头一天两天的到岗早，而是"天天于卯正二刻就过来点卯理事"。凤姐这样一个爱出风头、爱热闹的人，一旦进入工作状态，那可真是全身心投入，心无旁骛，天天"独在抱厦内起坐，不与众妯娌合群，便有堂客来往，也不迎会"。

而且凤姐可不是管了宁国府，荣国府的工作便大撒手了，不，两府的事她哪个也不能撂下。其实她明明可以和王夫人提要求，自己在宁国府办公期间，荣国府的事情由王夫人主持，李纨等人协理，但她的自尊心不允许她示弱，她宁可忙得"茶饭也没工夫吃得，坐卧不能清净"，也不愿意"偷安推托，恐落人褒贬，因此日夜不暇，筹划得十分的整肃"。这才使得"合族上下，无不称叹者"。唉！每读至此处，总不免有所感慨。现实当中，有几个人能做到凤姐这样呢！这样的敬业精神，这样的工作态度，还能有什么工作是做不好的呢？！

最为难得的是，凤姐在宁国府主持工作的这段时间，是她最无私、最坦荡的时候。她所做的一切，完完全全都是为了将工作做好。这也是为什么她在宁国府能够如此叱咤风云，堪称标准的职场精英，可是回到荣国府在很多事情的处理上，读者就会觉得她像换了个人，不如在宁国府那样干练了。根本原因就是她在荣国府工作首先是"利"字当头，私欲太重。宋代洪咨夔说："无欲则刚。"凤姐在荣国府的工作状态她自己也说了："若按私心藏奸上论，我也太行毒了。"试想，以这样两种心态展开工作，其结果怎么可能一样呢！"无欲则刚"，"有欲"自然是"则绵"了。诸位想想身边的人，那个所谓的脾气最好、最好说话的领导一定是企业中私心最重的人。绝对没有例外！

至于凤姐的工作能力与魄力，在下就不打算在本书中细说了。正如前文所说，原著中比比皆是，其他的红学专家也好、红学爱好者也罢，抄书摘录、发表点评，林林总总，多如牛毛，实在是没有必要再多啰嗦了！所以，下面不如来说说凤姐最得力的助手平儿吧。

第二节　平儿

其实以平儿在我心目中的分量，足以为她单列一章的，但是我们说的是红楼职场，毕竟还是要以原著为基础的。平儿在原著中的人物设定是凤姐的陪嫁丫头，所以她再能干也只能是凤姐的附属品，因此本书也只能将她放在凤姐的小院之下来评述。

如果说凤姐是大观园里的CEO，那么平儿就是名副其实的COO（首席运营官）。当然我们要探讨的都是些内宅之事，范围局限于大观园之内，所以不可能涉及什么商务事件，还是以行政管理为主。

平儿的COO地位和探春的管理才能一样，都是在凤姐生病期间得到了充分的展示。探春理政期间，她和宝钗、李纨被称为三个"镇山太岁"，而凤姐当权时则被称为"巡海夜叉"。以此类推，平儿便是当之无愧的

"定海神针"。

无论发生什么事,她永远都是一副温柔娴静、胸有成竹、不卑不亢的模样,连薛宝钗都忍不住赞她:"我瞧瞧你的牙齿舌头是什么做的?从早起到这会子,你说了这些话,一套一个样儿,也不奉承三姑娘,也没见她说他们奶奶才短,想不到。""她这远愁近虑,不亢不卑。她奶奶便不和咱们好,听她这一番话,也必要自愧的好了,不和的也便和了。"

她不需要像凤姐那样动辄柳眉倒竖、凤眼圆睁、声色俱厉,可是威仪自在。大观园内从上到下,没有一个人说过她半个不字,人前背后凡有论及皆是赞颂之语,连二门外的小厮提到她都赞不绝口,且将她的贤名传到了府外。照理说,王熙凤在荣国府可谓是恶名昭著,平儿是她的贴身大丫头、最得力的助手,理应是人人嫌憎、个个唾弃的万恶的"狗腿子"才是,可是不然,员工们明知道她和王熙凤是一条绳上的蚂蚱,而且还是绝对和王熙凤一条心的,但就是将她二人进行了严格的界定。

贾琏的心腹小厮兴儿就对尤二姐母女介绍说,凤姐其人"心里歹毒,口里尖快",但是"跟前的平姑娘为人很好，虽然和奶奶一气，她倒背着奶奶常做些好事。小的们常有不是，奶奶是容不过的，只求求她去就完了"。甚至对于平儿通房丫头的身份，小厮们都深感不平，说王熙凤只是为了"一则显她的贤名儿，二则又叫拴爷的心"，"强逼着平姑娘做了房里人"，而且最终还不忘强调一句："那平姑娘又真是个正经人，从不把这件事放在心上，也不会挑妻窝夫的，倒一味忠心赤胆伏侍她，所以她才容下了。"

对于平儿身份地位持不平态度的还有李纨。她是当着凤姐的面直接便说了出来："这东西，亏得她托生在诗书大宦名门之家做小姐出身，出了嫁又是这样，她还是这么着；若生在贫寒之家，小门小户的，做个小子，还不知怎么下作贫嘴恶舌的呢！天下人都被你算计了去！昨儿还打平儿呢，亏你伸得出手来！那黄汤难道灌丧了狗肚子里去了？气得我只要给平儿打抱不平儿。"李纨半真半假的玩笑话实际上真的是一语中的：平儿和王熙凤地位的悬殊真的就是个出身问题。投胎是个技术活儿，平儿技术太烂，投胎没投好，以致输在了起跑线上。李纨感慨王熙凤"给平儿拾鞋也不要，你们两个只该换一个过子才是"。我不知道曹公撂了这么一句话在前头，后面有没有将它变为现实，反正我是在《贾琏传》里将它兑现了，只不过没让她们"换一个过子"。虽然也知道脂批中有所谓的"这便是凤姐扫雪拾玉之处"，但我就是觉得那对于平儿而言其实是对她完美形象的一个破坏，因为我实在想象不出，当真让她俩"换一个过子"，平儿怎样做才能维持住她在前八十回所树立起来的柔中带刚、娴雅端庄的形象，所以我让她做了个续弦。

回过头来接着说凤姐生病期间，平儿是如何展示其工作才能的。首先得交代一下当时的大背景。除了凤姐生病外，贾母、王夫人以及宁国府的贾珍等人都出差了，"因此两处下人无了正经头绪，也都偷安，或乘隙结党，与那现执事的窃弄威福"。另有些新任用的员工，刚到新岗位，岗位职责虽不熟，但企业风气败坏，随波逐流学坏却来得快，而企业却因为他们对于本职工作的无知和无能惨遭荼毒："或赚骗无节，或呈告无据，或举荐无因，种种不善，在在生事，也难备述。"员工如此，再加上赵姨娘这种虽然也是监事会成员，但永远都盼着企业出点儿小事好看热闹的人，事情自然少不了，而且还"都是世人想不到的"。谁能想到赵姨娘居然会和芳官干了起来呢？所以袭人等皆笑说平儿自从凤姐病了，她便成了个香饽饽了，都抢不到手。就连探春等人，真遇着棘手的事也还是需要平儿来镇一镇场子的。

比如赵姨娘，探春就拿她没辙。李纨劝得口干舌燥也是白搭，赵姨娘根本不买她的账。可是只要听见平儿的名字，赵姨娘便闭了嘴，再不敢说废话，等见了平儿的人，还忙不迭地赔笑让座，满嘴献殷勤。

又如春燕她妈在怡红院里瞎闹，麝月这个吵架小能手也搞不定的时候，只好搬出平儿来吓唬她："怨不得这嫂子说我们管不着他们的事，我们虽无知，错管了，如今请出一个管得着的人来管一管，嫂子就心服口服，也知道规矩了。"于是便命小丫头子去请平儿。春燕她妈不知轻重，还嘴硬道："凭是哪个平姑娘来了，敢评个理，没有个娘管女儿，大家管着娘的。"她一人无知，众人可是都对平儿敬服的，于是立刻便有人善意提醒："你当是哪个平姑娘？是二奶奶屋里的平姑娘。"这上半句话看似是平儿扛着凤姐小院的大旗，实则下半句话才是平儿日常管理的常态以及她的威信体现："她有情呢，说你两句。她一翻脸，嫂子就吃不了的兜着走！"果然平儿的回话简洁明了却威势十足："既这样，且撵她出去，告诉与林大娘在角门外打她四十板子就是了。"春燕她妈自然立时便老实了。

假如平儿的管理只是一味地以"板子"为主，那可就算不得高明了，恰恰相反，平儿的管理理念是"大事化为小事，小事化为无事，方是兴旺之家。若得不了一点子小事，便扬铃打鼓，乱折腾起来，不成道理"。照理平儿只是凤姐的丫头，她完全可以像其他的丫鬟一样，把话传到即可，但是她非但不是个传话的，而且还有着自己的管理理念。上面这段她对管家婆林之孝家的说的处置柳五儿母女的话，就是平儿自己的话，和王凤姐没有半点关系。凤姐的本意是"虽然这柳家的没偷，到底有些影儿，人才说她。虽不加贼刑，也革出不用。朝廷家原有挂误的，倒也不算委屈了她"。是平儿劝凤姐"得放手时须放手"，凡事都得张弛有度，又以凤姐流产之事为例相劝，凤姐这才放权让平儿自行裁夺。

平儿息事宁人的管理理念最为著名的是三个案例。第一个是"俏平儿软语救贾琏"，这段故事的梗概相信大家都知道，我就不复述了。如果平儿像凤姐一样火冒三丈,或是像晴雯那样愤愤不平、牙尖嘴利,又或者像黛玉一样冷嘲热讽,那么凤姐的小院里都少不了要起一场风波。

第二个是"俏平儿情掩虾须镯",虽然这件事情的结局并没有如平儿所愿。平儿是希望麝月在今后的工作中对偷镯子的小丫头坠儿多加留心也就是了,其本意是想给坠儿一个改过自新、重新做人的机会,但晴雯盛怒之下还是将坠儿收拾了一顿撵出去了。

第三个便是"判冤决狱平儿徇私"。这件事若单看标题,还以为平儿和凤姐一样,也是要以权谋私呢,事实上平儿的这一次徇私恰是她无私的体现。此前不久,探春刚因为赵国基之死被赵姨娘闹得迁怒于平儿,探春自己也承认:"我早起一肚子气,听她来了,忽然想起她主子来,素日当家使出来的好撒野的奴才,我见她更生气。"结果当平儿手里握着赵姨娘的把柄时,反而怕伤了探春的脸面,私下里去怡红院请宝玉帮忙一起解决问题,并不为探春所知,反说:"'如今便从赵姨娘屋里起了赃来也容易,只怕又伤着一个好人的体面。别人都别管,只这一个人岂不又生气?我可怜的是她,不肯为打老鼠伤了玉瓶。'说着,把三个指头一伸。袭人等听说,便知她说的是探春。"

以上三个案例曹公用了两次"俏"字,这个字用得可谓巧。读者诸君切莫只将它看作"娇俏动人",实则它更将平儿的灵活机变描画了出来。若非如此,凤姐的小院可不是个容易混饭吃的地方。贾宝玉就曾感慨过:"平儿并无父母、兄弟、姊妹,独自一人,供应贾琏夫妇二人。贾琏之俗,凤姐之威,她竟能周全妥帖。"是啊,无论是贾琏还是凤姐都将平儿当作自己人,平儿是如何做到这一点的呢?举两个小小的例子足见一斑。

首先看她与凤姐之间。贾琏从苏州回来,正和凤姐说着话,旺儿家的送凤姐私放的银子利息来。平儿怕贾琏知道,便说是薛姨妈让香菱来传话。贾琏走后,平儿才说:"奶奶的那利钱银子,迟不送来,早不送来,这会子二爷在家,她且送这个来了。幸亏我在堂屋里撞见,不然时,走了来回奶奶,二爷倘或问奶奶是什么利钱,奶奶自然不肯瞒二爷的,少不得照实告诉二爷。我们二爷那脾气,油锅里的钱还要找出来花呢。所以我赶着接了过来,叫我说了她两句,谁知奶奶偏听见了问,我就撒谎说香菱了。"

其实即使旺儿家的真和贾琏碰上了，一来旺儿家的未必真就一点眼色没有，实话实说；二来以王熙凤的应变能力未必就如平儿所说，照实告诉贾琏。所以实际上平儿的这一举动根本算不上有多关键及时，但凤姐听了心里岂有不受用的理？这种顺水的人情，现实当中亦屡见不鲜，何乐而不为？！

再看她与贾琏之间。"软语救贾琏"自不必再说，当尤二姐死后，贾琏因为将自己所有的私房钱都交给了尤二姐保管，因此被凤姐搜刮一空，于是对尤二姐的丧事有心无力。平儿便"忙将二百两一包碎银子偷了出来，到厢房拉住贾琏，悄递与他说：'你只别作声才好，你要哭，外头多少哭不得，又跑了这里来点眼！'"虽说平儿此举亦有"兔死狐悲，物伤其类"之意，但毕竟此时的二百两银子对于贾琏而言，无疑是雪中送炭。因此，他对平儿的感激之情自然铭记于心。此处啰嗦一句，咱们都得多向平儿同志学习，多做雪中送炭的事，少做锦上添花的事，不做落井下石的事。

综上所述，我个人认为平儿几乎可以说是大观园里最合格的管理者了。我也完全同意李纨同志的建议：让平儿和凤姐换个过子。相信平儿同志一定可以在新的工作岗位上有更为优异的表现，为企业管理作出更为突出的贡献。

好了，肉麻的感慨就说这么多，下一节该说说宁国府了。

第三节　宁国府

"漫言不肖皆荣出，造衅开端实在宁。"宁国府的问题大了去了！

宁国府的董事长兼总裁贾珍，是个被外界舆论评为"只一味高乐不了，把宁国府竟翻了过来，也没有人敢来管他"的主。

不过这些评价都是些不着痛痒的废话，只有王熙凤对宁国府的管理现状进行了客观理智、一针见血的评议："头一件，是人口混杂，遗失东西；第二件，事无专执，临期推诿；第三件，需用过费，滥支冒领；第四件，任无大小，苦乐不均；第五件，家人豪纵，有脸者不服约束，无脸者不能上进。"这五点岂止是"宁国府的风俗"，现代企业哪个企业不占上个三两点的？若是五点占全了，其结局自然也不会比宁国府强到哪里去。

单凭王熙凤能总结出这几点时弊来，就真的是"男人万不及一"，不得不服！

不过有的学者认为贾珍其实是个有能力又有魄力的人，并且还举了年终贾珍给族中子弟们分发年货的例子，就只一条小毛病：精力太过旺盛。我们且不去论贾珍其人如何，只说他所管理的宁国府。王熙凤以一个旁观者的角度便已经看出了上述几点，而且有的放矢，就说明贾珍确实不是一个称职的管理者。

也许有读者会说：凭什么谈荣国府的时候就把贾政放到一旁，撇得干干净净的，谈宁国府则将责任全都推到了贾珍的身上，尤氏呢？她难道不是宁国府的当家大奶奶吗？对，没错。尤氏是宁国府的大奶奶，但不是当家人，她的身份不能等同于王熙凤在荣国府的地位。荣国府实行的是经理人负责制，而宁国府则不然，尤氏既不是总裁也不是执行总裁，她只是老板娘，而且她这个老板娘当得还很窝囊。我知道一定有读者会说：那是她自己的性格造成的，怨不得别人。

王熙凤大闹宁国府时就当面啐她："你又没才干，又没口齿，锯了嘴的葫芦，就只会一味瞎小心，图贤良的名儿！总是他们也不怕你，也不听你说。"尤氏自己听了也只有低头认错的份儿："何曾不是这样！你不信，问问跟的人，我何曾不劝的？也得他们听！叫我怎么样呢？怨不得妹妹生气，只好听着罢了。"

关于贾琏偷娶尤二姐这件事，尤氏的真实态度我在《漫品红楼》中曾做过详细的分析，本书不再赘述。总之，那绝对不是尤氏真的就是什么也管不了所导致的，只是她不想管，所以才采取了顺其自然的态度。但是对于宁国府的管理权，我想她并非是不想管，而是真的管不了。

论能力，尤氏也曾"独艳理亲丧"，处理得细致周密，万事妥帖，也曾拿着小钱办大事，替王熙凤操持过生日庆典，且"办得十分热闹，不但有戏，连耍百戏的，并说书的男女瞎儿，全有"。这项工作是贾母亲自交代给尤氏的，照理来说王熙凤的生日应该由荣国府的人来操办才是，可是贾母却让尤氏来牵头。要知道贾母这老太太可不是一般人，那是见过大风大浪、阅人无数的。

薛姨妈求娶邢岫烟的时候，缺一位主亲，贾母不假思索，立马便想到了尤氏，并当即便将她请来，亲自安排工作："如今你算在当中替我料理，也不可太俭，也不可太费，把他两家的事周全了回我。"

如果尤氏真是个无能之辈，她嫁到贾府十来年了，以贾母的社会阅历和洞察力，早就将她从里到外看得透透的了。邢夫人就是个典型的例子，贾母也曾着意栽培过她，但是路遥知马力，日久见人心，最后选择了放弃。尤氏若是无能，贾母怎么可能一再将大事托付于她呢？

尤其是像薛蝌与邢岫烟之事，男女主人公虽然都是微不足道的无名小卒，可是事情远不像表面看着那么简单，因为薛蝌不单是薛姨妈的侄儿，关键是薛蟠无能。薛家的买卖、薛姨妈的未来都指着薛蝌呢，所以薛姨妈才亲自出马，又托了凤姐相帮，求了贾母作保，办成此事。邢岫烟呢？尽管邢夫人并不拿她当回事，但毕竟是她娘家的亲侄女儿，到底关乎面子问题。连贾母没让迎春见南安太妃等人，邢夫人还心中不悦。她自然也不是关心迎春，只是这关系到她本人的脸面。所以邢岫烟的事自然也要小心为妙，否则把喜事办得有人不开心了，图什么？这当然不是贾母所愿意看到的，所以她才安排自己信得过的尤氏来负责这项工作。

说到邢岫烟与薛蝌的婚事，不免又要多扯几句闲话。薛姨妈在宝钗要将黛玉说给薛蟠时，曾说自己不舍得让薛蟠糟蹋了邢岫烟，更别说黛玉了，倒不如把林黛玉定给贾宝玉，"岂不四角俱全"？而且说着话像是即刻就要去办的样子。因为她认为贾母想要薛宝琴，而宝琴已有人家，所以贾母开玩笑说："我原要说她的人，谁知她的人没到手，倒被她说了我们的一个去了。"因此薛姨妈说："我虽没人可给，难道一句话也不说？"然而这样看着铁板钉钉、"四角俱全"又能讨贾母开心的话，竟然说到这个程度却不了了之了。是薛姨妈事多忘了吗？当然不可能。如果她真想说，就算再怎么迂回曲折，她也能像办薛蟠之事那样把事情搞定。

还是说回到尤氏身上。她既这么能干，可为什么却没将宁国府管好呢？尤其是居然还发生了焦大骂街这样的事呢？关于为什么宁国府会容留焦大的存在，而不是像王熙凤说的那样"还不早打发了这没王法的东西！在这里岂不是祸害？倘或亲友知道了，岂不笑话咱们这样的人家，连个王法规矩都没有"的问题，拙作《漫品红楼》中曾做过细致分析，指出焦大与"红楼二尤"都只不过是尤氏手里的一枚棋子罢了。

尤氏之所以管不好宁国府，究其根本，我以为主要原因是尤氏乃是个续弦。这就像许多再婚家庭一样，夫妇二人总觉得心贴得不是很近，尤其是如果一方或者双方之前都有孩子的话。随着孩子的长大，他们对于物质的要求越来越强烈，而夫妻二人却随着年纪的增长，年轻时的情爱之心日益淡泊，疼爱儿女之心却随着年龄的增长变得越来越重。双方都想给自己的孩子更多的帮助，于是两颗心更加渐行渐远。尤氏和贾珍也不例外。只不过人家宁国府那么大一盘子，自然用不着整天为柴米油盐叽歪，但豪门自有豪门的恩怨情仇，所以尤氏的危机感始终存在于她的潜意识之中，所以她才会听见贾宝玉劝探春"只管安富尊荣才是"时说："谁都像你，真是一心无挂碍，只知道和姊妹们玩笑，饿了吃，倦了睡，再过几年，不过还是这样，一点子后事也不虑。"可见她是时时皆要虑及后事的。

另外，贾珍的"爱好"比较广泛，男女通吃。对于这一点，尤氏似乎并不十分在意，否则她也不可能还有心情去偷看贾珍等一帮子老爷们儿胡闹，而且还带着儿媳妇一起。

在原著第七十五回中，尤氏从荣国府回来，"贾蓉之妻带家下众媳妇、丫头们，也都来秉烛接了出来"。

尤氏道:"成日家我要偷着瞧瞧,也没得便。今儿倒巧,就便打他们窗户跟前走过去。"于是众媳妇答应了前头带路,还有那知情识相的"先去悄悄的知会小子们不要失惊打怪"。尤氏看见了什么呢?两个十七八岁的娈童惹恼了输急眼了的邢大舅,于是一帮子男人满嘴里跑火车调侃耍笑,众人笑成一团。如果是在外头,尤氏想必也是忍不住想笑的,只是碍于脸面,因此故意口中骂道:"你听听,这等没廉耻的小挨刀的,才丢了脑袋骨子,就胡沁嚼毛的。若再灌嗓下些黄汤去,还不知再嗳出些什么东西来呢。""一面说,一面便进去卸妆安歇。"这"你听听"的"你",自然是贾蓉之妻,她的儿媳妇,而这"一面说,一面走"不过是个掩饰罢了,不叫人看见她脸上笑容而已。

就这样的上司,怎么可能压得住下属?王熙凤也同人说笑,贾琏就说她:"她不论小叔子、侄儿,大的小的,说说笑笑,就不怕我吃醋了。以后我也不许她见人!"此处插句话,由此可见贾琏倒真是个开明人士呢,这在那个时代可并不多见,而且他在对待尤二姐的历史问题上,也是足够开明的,说是:"谁人无错,知过必改就好了。"

平儿听了贾琏的牢骚话,立刻替凤姐辩驳说:"她醋你使得,你醋她使不得。她原行的正,走的正。"所以王熙凤的度把握得比尤氏要好,威信自然也比她要高。而且王熙凤和贾琏是原配的夫妻,这一点是尤氏怎么也比不了的。谁知道贾蓉她亲妈是什么情况?估计也好不到哪儿去。宁国府大把的老员工,对宁国府的历史情况掌握得比尤氏要清楚不知多少倍。对他们早已养成的各种工作习惯,尤氏若不下狠手,是绝对改不过来的。但是尤氏自己并无子女,贾蓉又一天天长大,她又何必多做仇人呢?还不如向邢夫人学习,设法多扩充扩充自己的小金库,以防后事呢!所以宁国府的管理是该管的不管,能管的也不管,不乱才怪!

第九章

贾赦的别院

因为上一章提到了尤氏向邢夫人学习扩充小金库的事，所以这一章就来说说贾赦的别院吧。

贾赦作为荣国府真正的监事长，虽说他老娘更喜欢小儿子贾政，所以贾政得以住在了荣国府的正房正院，但贾赦单独住在小别院里倒也自在为王。当年林黛玉第一次去拜访她大舅，"一时进入正室，早有许多盛妆丽服之姬妾丫鬟迎着"。倘若这一景象出现在贾政的上房，那宁荣二府可就真是"大哥不说二哥哥，两个哥哥差不多"了！所幸贾赦的小别院自成一统，相对独立，贾赦尽可以"躲进小楼成一统，管他冬夏与春秋"，但读者如果以为贾赦满足于他的小别院生涯那可就错了。

贾琏接受的是贾赦与贾政的双重领导，但是"贾政不惯俗务"，连元妃省亲这样的大事都是"只凭贾赦、贾珍、贾琏、赖大、来升、林之孝、吴新登、詹光、程日兴等些人安插摆布"。实际上，贾琏的频繁出差，只有一次是执行贾母的命令，送林黛玉归省，其他的几乎全都是在执行贾赦的命令，为此想必也得了不少赏赐，其中最有名的赏赐便是秋桐了。当然也有工作完成得不够圆满，被"打了个动不得"的时候。贾琏挨的这顿打和贾宝玉一样，有两个原因。贾宝玉是结交琪官和逼死金钏儿；贾琏则是鸳鸯抗婚与夺扇不成。贾宝玉挨打众所周知，不说也罢，而贾琏挨打则鲜有人知，所以得说一说。

先说"鸳鸯抗婚"。这件事的故事情节同样是众所周知，就不啰嗦了。那么，贾赦为什么看中鸳鸯？贾母看得清楚，荣国府的人也都心知肚明。邢夫人为什么帮着贾赦亲自去找鸳鸯？难道真如贾母嘴上所说的"你倒也三从四德的，只是这贤惠也太过了"？邢夫人自己也辩白说："我劝过几次都不依。老太太还有什么不知道的呢，我也是不得已儿的。"我却以为不然。邢夫人十有八九是抱着和尤氏一样的态度，既然管不了，不如图个实惠。

也许有读者未必认同我的观点，但是您只要想想当邢夫人听说鸳鸯偷偷帮助了凤姐等人后，直截了当便找贾琏借二百两银子的事，而且干脆要挟贾琏说："连老太太的东西你都有神通弄出来，这会子二百银子，你就这样。幸亏我没和别人说！"您说邢夫人亲自去找鸳鸯难道仅仅是因为"贤惠太过了"吗？而且她对贾母说："我劝过几次都不依。"她对王熙凤说的时候可不是这么说的，而是说："大家子三房五妾的也多，偏咱们就使不得？我劝了也未必依。"又说："你倒说我不劝，你还不知道的，那性子，劝不成，先和我恼了。"实际上，她压根儿就没劝过，她才不想自寻烦恼呢！

再说"夺扇不成"那事。贾赦已然拿到了石呆子的古扇，还会因为贾琏嘀咕了一句贾雨村的话而暴怒吗？贾琏只是说："为这点子小事，弄得人坑家败业，也不算什么能为！"虽说书中还拖了一句在后面，说这句话"是第一件大的，还有几件小的"。"所以都凑在一处，就打起来了。也没拉倒用板子、棍子，就站着，不知拿什么混打了一顿，脸上打破了两处。"贾雨村在贾赦心目中的地位有那么高吗？为了他，贾赦把亲儿子打得"动不得"？当然不可能。他从心底里根本就瞧不上贾雨村这号人。在原著第七十五回中，他表扬贾环时便说："想来咱们这样人家，原不比那起寒酸，定要'雪窗萤火'，一旦蟾宫折桂，方得扬眉吐气。"所以追根溯源，只能说贾琏晦气、点儿背。贾雨村夺扇成功发生在鸳鸯之事后不久，而贾赦那个劲儿还没过去。确实也难过去呀，鸳鸯一天到不了手，她腰里别着的钥匙就一天挂着贾赦的心，而老太太的钱又在源源不断地被运往凤姐的小院，这个火怎么下得去？只会越烧越旺。所以只能打儿子出气了！

说到这儿，忍不住又要八卦一下。贾赦说鸳鸯："她必定是嫌我老了，大约她恋着少爷们，多半是看上宝玉，只怕也有贾琏。"那鸳鸯其实看没看上别人呢？她到底有没有心上人呢？这个问题虽然只有鸳鸯自己才能回答，但是我辈亦可于字里行间看出些许端倪。

首先，我们来看看当鸳鸯听了贾赦的话是个什么反应："方才大老爷率性说我恋着宝玉，不然要等着往外聘，凭我到天边上，这一辈子也跳不出他的手中去，终究要报仇。我是横了心的，当着众人在这里，我这一辈子，别说是'宝玉'，便是'宝金''宝银''宝天王''宝皇帝'，横竖不嫁人就完了！"

诸位不知是否留意到她实际上已经将贾赦的话不知不觉间做了删减，因为贾赦明明说的是："多半是看上宝玉，只怕也有贾琏。"可鸳鸯只字不提贾琏的名字，只就着宝玉一个人说事，表决心。是她气糊涂了，忘了贾赦也说了贾琏了吗？当然不是。

在去见贾母之前，她和平儿、袭人已经私下里议过这事了。当平儿说："你向老太太说，就说已经给了琏二爷了，大老爷就不好要了。"鸳鸯当时啐了平儿一下答道："你还说呢！前儿你主子不是这么混说的？谁知应在今日了！"是的，就在不久前史湘云和薛宝钗张罗的那场品蟹赏菊宴上，王熙凤对鸳鸯说："你知道你琏二爷爱上了你，要和老太太讨了你做小老婆呢。"鸳鸯听了说："啐！这也是作奶奶说出来的话！我不拿腥手抹你一脸算不得。"当听见同一主题时，鸳鸯对凤姐主仆均以"啐"开场。这一声"啐"，完全可以把它理解成一个少女含羞带怨的表达方式，完全没有半点愤恨之意，哪里像说那"宝金""宝银""宝天王""宝皇帝"那样咬牙切齿、斩钉截铁？而且原著第五十二回中还明确写着：自从鸳鸯抗婚之日起便"总不和宝玉说话"了。如果我说了这些，您还觉得不确定，那就再来看看鸳鸯在贾琏面前是什么样子的吧。

鸳鸯和平儿正聊着天呢，贾琏到门口，"忽见鸳鸯坐在炕上，便煞住脚"。贾琏为什么要"煞住脚"？这是出于礼貌。鸳鸯是贾琏祖母房里的大丫头，贾琏没有贸然闯入是对她的尊重。随即贾琏便笑着打招呼："鸳鸯姐姐,今儿贵人踏贱地!"贾琏的话自然是句客气话,不能当真,但鸳鸯的反应却着实反常。她不但没说同样的客套话,诸如"二爷言重了""二爷说笑了"等,反而连起身都没起身,纹丝不动地依旧坐着,只嘴上客套说:"来请爷、奶奶的安!偏又不在家的不在家,睡觉的睡觉。"就算她是大观园里的丫头王,在贾琏面前哪有她托大的份儿?况且她又是贾母最可心的大丫头,相当于监事会的秘书长,对于各种规章制度必定都了然于胸,她今天这做派不用说也是不合规矩的。

当贾琏忘了蜡油冻佛手之事时,平儿埋怨道:"自己忘了,倒说我们昧下。"她马上体谅说:"怨不得。事情又多,口舌又杂,你再喝上两杯酒,哪里清楚得许多!"请注意,她在此处用的是"你",而不是"二爷"或"爷"。

贾琏可是荣国府的当家人,真正的CEO兼CFO,可不是像贾宝玉那样需要人直呼其名来保佑其平安长大的娇宝宝。而且平儿就曾因为对王熙凤以"你"相称被凤姐批评过:"你又急了,满嘴里'你儿''我儿'起来。"可见即使是平儿也没有资格对贾琏和王熙凤以"你"相称的,更别说鸳鸯了。只有私下无人时,平儿才和贾琏以"你"相称。而当贾琏开口跟鸳鸯借当时,她的第一反应是笑了,然后是连用了两个"你"字:"你倒会变法儿,亏你怎么想来?"这一笑,其实便是心下早已应允了!

综上所述,诸位以为鸳鸯有无心上人呢?是谁呢?我就不说了,想必各位已有论断。

接着说贾赦小别院里的事。相信绝大多数的读者都不会喜欢贾赦其人,连他妈都不中意他,何况我们!不过《红楼梦》之所以如此迷人,正是因为曹公从不将书中的人物定性。在他的笔下,没有绝对的好人也没有绝对的坏人,就是活生生的人,和我们身边的每一个人一样,善恶交织,时好时歹,而所谓的"恶"与"歹"也只不过是为了维护个人利益罢了,正如太史公所言:"天下熙熙皆为利来,天下攘攘皆为利往。"即便是贾赦、赵姨娘之流,不涉及他们的个人利益时,心中亦存善念。

比如赵姨娘不久前刚因为贾环烫伤了贾宝玉被王夫人劈头盖脸地骂了一顿,但是在和马道婆提及贾宝玉时却说:"他还是小孩子家,长的得人意儿,大人偏疼他些也罢了。"

而贾赦则是在贾宝玉和王熙凤中了马道婆的算计，连贾政都心灰意冷打算放弃治疗，阻止贾赦"各处去觅僧寻道"——"儿女之数，皆由天命，非人力可强者。他二人之病出于不意，百般医治不效，想天意该如此，也只好由他们去罢"之时，并"不理此话，仍是百般忙乱"。此时的贾赦，一心想的全是不惜一切代价也要挽救自己的侄儿和儿媳。不过这和赵姨娘的话一样，都是他们在全书中唯一的一处闪光点。

仔细想来，贾赦这家伙混蛋归混蛋，可是他对于自己小别院的管理那是水泼不进，十分严谨。照理来说，他那里姬妾成群，"丫鬟最多"，应该也是个是非不断之地，但并没有传出任何风声，就算是贾琏这样"每怀不轨之心"的，也未曾敢下手。一定有读者会说，贾琏一个当儿子的，当然不敢动他爹的奶酪。那您可就说错了。不用比旁人，只和宁国府贾珍父子相比好了。原著中明白写着：贾蓉"素日因同他两个姨娘有情，只因贾珍在内，不能畅意"。又有尤二姐临终前尤三姐对她说："姐姐，你终是个痴人。自古'天网恢恢，疏而不漏'，天道好还。你虽悔过自新，然已将人父子兄弟置于聚麀之乱，天怎容你安生！"

什么叫作聚麀之乱？语出《礼记·曲礼上》："夫唯禽兽无礼，故父子聚麀。""麀"是母鹿的意思，暗喻父子两代的乱伦行为。我们姑且不论尤三姐是否参与其中了，可以肯定的是贾珍和贾蓉都跟尤二姐有一腿，尤二姐后又从了贾琏，所以她妹子才说"将人父子兄弟置于聚麀之乱"。但是贾琏和秋桐虽然郎有情来妾有意，却是"从未来过一次"。包括贾赦的那些个屋里人，无论是和二门上的小子们嘲戏的，还是和贾琏"眉来眼去相偷期约的，只惧贾赦之威，未敢到手"。

虽然前文我们也曾说过邢夫人帮着贾赦劝说鸳鸯，也有自己的私心在内，但她畏惧贾赦也是一点不假的，所以贾赦之威在贾府里还真是排在头号的。以贾赦之威，加上邢夫人之啬，贾赦小别院的管理还算是太平。虽然小妾、丫鬟们整天胡思乱想，蠢蠢欲动，到底没有付诸行动。哪里的员工重复性岗位多了，不是人心浮动呢?！正常！

相对于贾赦的别院，王夫人的上房管理可就差劲儿多了！

第十章

王夫人的上房

上一章刚说了老大贾赦的别院，这一章我们来说说老二贾政的上房，但是标题却是"王夫人的上房"。为什么这么设定？原因有两个：一个是因为前文已经说过，贾政不理俗务，王夫人才是真正的荣国府董事长；另一个是因为上房的实际使用者是王夫人。贾政平时要么出差，不出差时，白天要么上班，要么和清客们在书房闲聊，晚上回赵姨娘那里睡觉，那个上房虽然有他的固定座位——"王夫人却在西边下首，亦是青缎靠背坐褥。见黛玉来了，便往东让。黛玉料定是贾政之位"，但使用率极低。所以我们就将标题直接定为"王夫人的上房"了。

要说王夫人这上房，管理可真是够乱的。到底怎么个乱法？就从她屋里那四个经理人说起吧。金钏儿、玉钏儿、彩霞、彩云这四个人都是月薪一两银子那个级别的，也就是和前面说到过的鸳鸯、袭人是一个级别的，紫鹃、晴雯、司棋之流都要比她们级别低。但是这四个由董事长亲手调理出来的一级经理人，实在是不争气，一个比一个差劲儿。

这可真是像极了某些企业。很奇怪，下属员工总觉得老板贴身的那几个人为什么能力一般，素质一般，品质稀烂，可是老板就是离不开他们呢？明代的王磐有一首《朝天子·咏喇叭》，里面有这么两句："喇叭、唢呐，曲儿小腔儿大。官船来往乱如麻，全仗你抬声价。"这企业做大了，吹喇叭的、抬轿子的、打扇子的，都得有。东、西方的宫廷里不是还都有个"弄臣"吗？各有各的用处。存在的不一定合理，但是存在的必定合情。

比如王夫人上房的四个大丫头,这就必须要有,因为编制就是四个,少了一个,就会有人惦记,不然也不会在金钏儿死后就立马有人来和王熙凤套近乎,也不会因为一个袭人的编制问题引发一系列叫王熙凤棘手的难题。袭人本是贾母屋里的一两银子级别的大丫头,她调到贾宝玉那儿,贾母屋里八个人的编制实际上就少了一个,但是根本不敢添人,只能用七个人,因为袭人的编制还保留在贾母处。如果将她的编制调到怡红院的话,那么干同样的活儿,她就只能和晴雯她们一样,拿一吊钱的月薪了,因为怡红院是没有一两银子这个级别的。这就好比企业的薪资框架结构设定一样,一线和二线的起点不一样,每一级的薪资调整的比率也不一样。

也许有读者会说,制度是死的,人是活的,而且什么制度也不可能定得尽善尽美,肯定是要不断修缮的嘛。是啊,王夫人是董事长,她有权对制度提出修缮,可是她为什么不修缮制度,而是宁愿从自己的工资里拿出二两银子来给袭人呢?我想原因有以下两点:

一是正如王熙凤所说,如果给怡红院增加一个一两银子的编制,那么贾环也应该有一个,这样才算"公道均匀"。由此可见，王熙凤这个人还是时刻将企业制度的公平、合理性放在第一位的。而王夫人当然是不想再给贾环更多的福利待遇了。

二是王夫人裁掉了袭人在贾母房里所占的编制名额，替贾母重新挑了个丫头，让编制与人员吻合，但是并未给怡红院增加新的编制，而让袭人成了一个"黑户"，因为大观园里压根儿就没有袭人这个编制，财务部门的工资表上是没有"花袭人"三个字的。所以袭人成了王夫人私人聘请的员工了。她的老板就只有王夫人一个人了。

所以从经济角度来说，袭人所要效忠的只有也只能是王夫人。

先不说袭人了，还是先来说说金钏儿吧。为什么要先说金钏儿呢？只因在王夫人口中，她最看重金钏儿呀！"要是别的丫头，赏她几两银子也就完了，只是金钏儿虽然是个丫头，素日在我跟前比我的女儿也差不多。"而且金钏儿装裹用的可是薛宝钗的衣裳。这么重要的一个金钏儿，可以说是王夫人一手调教出来的，言谈举止却是从来不分场合。

在原著第二十三回中，贾宝玉去见贾政，金钏儿、彩云、彩霞、绣鸾、绣凤等一大帮子丫鬟都在廊檐下站着，别人见了贾宝玉都只是抿着嘴儿笑，独金钏儿一把拉住宝玉，悄悄笑道："我这嘴上是才擦的香浸胭脂，你这会子可吃不吃了？"要知道此时此刻贾政和王夫人可正在屋内说话呢！若不是彩云推开金钏儿，说："人家心里正不自在，你还奚落他。趁这会子喜欢，快进去罢。"真不知道金钏儿还会说出什么来！

果然这口无遮拦给她自己招来了泼天大祸。就在王夫人的眼皮子底下跟贾宝玉有一搭没一搭地调笑，居然还要教贾宝玉个下三烂的"巧宗儿"："我倒告诉你这个巧宗儿，你往东小院子里拿环哥儿同彩云去。"也就是让贾宝玉去赵姨娘家捉奸去。换了谁是王夫人，都得火冒三丈。可是这能怨谁呢？金钏儿可是王夫人当成"女儿"一般调教出来的，所以只好怪王夫人自己管理无方了。

接着来说金钏儿提到的彩云。除了把王夫人上房里的玫瑰露偷给赵姨娘，彩云还偷了王夫人"多少东西"私赠予贾环。为了掩饰罪责，她还和玉钏儿闹得不可开交，把玉钏儿急得直哭。她不但不承认，还挤对玉钏儿，说是玉钏儿偷了："两个人窝里发炮，先吵的合府里皆知。"这才又引出了柳五儿的冤案来。当平儿找到她,当面指出她的行径时,她居然说:"连太太在家我们还拿过,各人去送人,也是常事。我原说嚷过两天就罢了。"彩云这话不禁让我想起身边有不少企业的员工都有类似的思想和行为,"拿公家的东西不为偷""占公家的便宜是本事"。

还有彩云的姐姐彩霞。因为原著中有旺儿求娶彩霞的情节,所以推测彩霞是姐姐,不过她俩谁大谁小,无关紧要,重要的是彩霞、彩云这姐妹俩都与赵姨娘相契,又都与贾环相好。彩云与贾环应该是公开的秘密了,否则金钏儿也不会叫贾宝玉到东小院子里去"拿"他们。

至于彩霞,在原著第二十五回中,贾宝玉在王夫人屋里和彩霞说笑,彩霞根本就不想搭理他,"两眼睛只向贾环处看"。而贾环听见他二人说话,"素日原恨宝玉,如今又见他和彩霞厮闹,心中越发按不下这口毒气",于是"怒从心头起,恶向胆边生","把那一盏油汪汪的蜡灯向宝玉脸上只一推",就把贾宝玉给烫伤了,而贾环的本意竟是想烫瞎贾宝玉的眼睛。

在原著第七十二回中,彩霞年纪大了,王夫人决定将她放出去。当赵姨娘想让贾环去讨要彩霞时,"一则羞口难开,二则贾环也不大甚在意,不过是个丫头,将来还有,迁延着不说,意思便丢开手"。从这两处可以准确地判断出彩霞与贾环亦有私情。

其实,我们分析彩霞、彩云姐妹和贾环有无私情的根本目的,是想要说明这姐妹二人都与赵姨娘母子相近。这难道不是个反常的现象吗?照理来说,她们应该将目标锁定在贾宝玉身上,可是她们却对贾宝玉全无兴趣。当然也不排除她们是因为贾宝玉身边的能人实在太多了,就如同林红玉一般"每每的要在宝玉面前显弄显弄。只是宝玉身边一干人,都是灵牙利爪的",她们根本插不上手,所以只能退而求其次,但她们为了赵姨娘母子背叛了王夫人却是不争的事实。

综上所述,不得不说王夫人的上房管理实在是太失败了。并不仅仅是她出差在外时,有赵姨娘在家兴风作浪,就算她在家又如何?她的大丫鬟们都不和她同心协力,照样是该拿拿,该送送。

相对于彩霞、彩云、金钏儿,玉钏儿算是品质最好的那一个了,且还颇有些机变应急能力。在原著第三十五回中,王夫人让她给贾宝玉送荷叶汤。宝钗见她一个人拿不了,便叫莺儿陪她一起去。莺儿埋怨说:"这么远,怪热的,怎么端了去?"玉钏儿则笑道:"你放心,我自有道理。"说着便叫来一个婆子,将汤饭等类放在一个捧盒里,让那婆子端了跟着,她和莺儿当个甩手掌柜的。而且,玉钏儿应该还是个性比较倔强的人。她姐姐死了,王夫人赏了她娘五十两银子,这事就算完了,没人会再提起"金钏儿"三个字了。但是她偏就放不下,对贾宝玉爱搭不理。贾宝玉问她:"你母亲身子好?"她立刻满脸怒色,正眼也不看贾宝玉,"半日,方说了一个'好'字"。想来她母亲平白没了个女儿哪能好得了?!尽管金钏儿死得很是不堪,但玉钏儿却依旧是姐妹情深。凤姐寿辰恰也是金钏儿生日,只有贾宝玉和她两个将此事记在心上。贾宝玉在水仙庵祭奠完金钏儿回到家,"刚至穿堂那边,只见玉钏儿独坐在廊檐下垂泪"。

不过单凭上述几点,以玉钏儿的能力是根本不可能成为王夫人的得力助手的,就算是给她双薪也没用。薪酬是衡量一个人能力的标准之一,加薪也是促进员工工作积极性的手段之一,但绝大多数人的能力并不是由薪酬决定的,盲目加薪基本上起不到提升工作能力的作用，尤其是当员工觉得理所当然的时候，更是毫无意义。就算是金钏儿的一两银子也给了玉钏儿，她再次遇到类似于被彩云诬陷的情形时，也还是只会"急得哭"！所以加给玉钏儿的那一两银子，充其量也只能是让王夫人得个心安。于玉钏儿而言，其工作状态和工作能力都不会有什么改变。

不过王夫人的上房管理可不仅仅是靠这几个丫鬟。王夫人是有一支私人武装的，宛如一支特别行动队。这支队伍主要由王夫人和凤姐的几家陪房组成，周瑞家的便是这支别动队的小队长。这支队伍同时接受王夫人和凤姐的双重领导，她们全都来自王府，跟着王夫人和凤姐一起空降到贾府，平时分散在各个紧要岗位，不显山不露水，但是遇到重要事件和关键时刻，招之即来，来之能战。抄检大观园的工作便是由这支队伍具体执行的。但是这支队伍最大的弊端是她们的基础单位都是一家一户的，这就使得她们不单是人住在贾府外面，她们的家人更是三教九流，与外界社会紧密联系，因此她们所掌握的企业机密很快就会成为外界茶余饭后的谈资。那位著名的投机分子贾雨村正是通过别动队队长周瑞家的女婿冷子兴对贾府有了一个全方位的初步了解的。

关于王夫人的上房管理情况，读者诸君自行判断吧，我就不多说了。下面顺便说说王夫人的妹妹薛姨妈家吧。

第十一章

薛姨妈的家

其实我们在说蘅芜苑的时候说了个梨香院,那也曾是薛姨妈的家。她带着一双儿女刚到京城时就在梨香院落脚。但那又不是她的家,那是人家贾府闲置的客房,可薛姨妈放着自家在京中现成的几处房舍,情愿寄人篱下。有人认为薛姨妈是打从一开始就存心想要赖在贾府的,因为想要打贾宝玉的主意,对此我却不能苟同。

薛宝钗进京可不是冲着贾宝玉来的，原著中交代得清楚明白：待选。人家薛宝钗是进京待选的，贾元春才是薛宝钗的偶像和奋斗目标。所谓的金玉良缘中的"玉"，焉知薛家心中企盼的不是"玉玺"的"玉"呢？贾宝玉那块雀卵大的小不点儿玉石，不过是薛家退而求其次罢了。

所以薛姨妈最初的打算是和王夫人"姊妹们别了这几年，却要厮守几日"，实属人之常情，并没有想要常驻沙家浜。但是有的读者看到原著中"薛蟠见母亲如此说，情知扭不过，只得吩咐人夫，一路奔荣国府来"，就说薛姨妈宁愿让薛蟠单住，也要将女儿带入贾府，薛蟠这样的傻瓜都看出来了，所以只好顺从母意了。我却以为不然。

首先，我们要分析一下薛姨妈和薛蟠。这对母子之间的情感关系，那是相当亲密的。薛姨妈年轻守寡，儿子自然是她的心尖子、命根子，薛蟠又"是个独根孤种"，所以薛姨妈对他"未免溺爱纵容"。但是如今儿子已经长大成人，她想管也管不了。别说是薛姨妈那个时代的寡母了，就算是当代母亲，面对血气方刚的儿子，说话也不可能是直截了当地命令了，要么采用建议型口吻，要么采用策略型的迂回战术。我以为薛姨妈就是采用了第二种交流方式：策略型迂回战术。果然薛蟠不好意思再固执己见，薛姨妈成功了。

我猜一定有读者不屑说："薛蟠不好意思？他能有什么不好意思的？那个呆霸王！"我想您一定没有仔细分析过薛蟠的性格，且容我说几句，您再下定论。

不可否认，薛蟠是个被宠坏了的浪荡子，从小就"性情奢侈，言语放诞"，打死了人，就跟没事人一样，原计划干吗还干吗。那冯渊的家仆将他告到贾雨村案前，说他"凶身主仆已皆逃走，无影无迹"。贾雨村听了，开始时也很生气，要下发海捕文书将其缉拿归案，但是那位老于世故的门子却不屑地笑道："他这里自有兄弟奴仆在此料理，并不为此些微小事，值得他一逃。"打死了人都是"些微小事"了，薛大少还有何惧？！自然而然便成了呆霸王一个。

为什么说他"呆"？因为他没文化呀！"虽也上过学，不过略识几个字儿，终日惟有斗鸡走狗，游山玩水而已。"薛大少最著名的文盲故事要数第二十六回的论画了："昨儿我看人家一张春宫，画得着实好。上面还有许多的字，我也没细看，只看落的款，原来是'庚黄'画的。真真好的了不得！"贾宝玉想了半天，好容易猜着原来是"唐寅"二字。薛大少自己打趣道："谁知他'糖银''果银'的。"这个桥段将薛大少霸气十足、呆气横溢的呆霸王形象活脱脱地描绘了出来。等到了贾府后，他也曾去过几天学堂，不过那个动机可就更离谱了，是因为听说"学中广有青年子弟，不免偶动了龙阳之兴"，这才假装成个好学上进的有志青年。不过还真没白忙活，也混了几个小契弟，那场著名的"茗烟闹学堂"事件便是薛蟠的一个契弟金荣引发的。所以连贾琏提到他时都称其为"薛大傻子"。

正因为薛蟠还有这龙阳之好，所以才招来了柳湘莲的一顿暴打。叫我说，这一顿打得好！他成天在外头招摇，有没有挨过打，我不敢肯定，不过据宝钗的说法应该平时也是在外头打过架、斗过殴的："他们一处吃酒，醉后反脸，亦是常事。谁醉了，多挨几下子打，也是有的。"虽然宝钗对于薛蟠挨打所持的态度是"这才好呢。他又不怕妈，又不听人劝，一天纵似一天，吃过二三个亏，他倒罢了"，但柳湘莲揍的这一顿肯定是他有生以来挨得最重的。这一顿打，终于让薛蟠明白了这个世界并不是他想象的那样，可以恣意放纵，为所欲为。更为难得的是，通过这顿打，我们终于看到了薛蟠作为一个人正常的一面了。"薛大傻子"也是有羞耻心的。当贾蓉把"衣衫零碎，面目肿破，没头没脸，遍身内外，滚得似泥母猪一般"的薛蟠从芦苇丛中弄出来调侃他时，"薛蟠羞得恨没地缝儿钻进去"。

照理来说，贾蓉和薛蟠那也应该是无话不说的"至交"，遇到这样的事，打个哈哈，骂上几句脏话，也就只当是给自己找个台阶下了，但柳湘莲打得实在是太狠了，而且是将薛蟠素日那颗高傲的心彻彻底底地碾得稀碎，反而唤醒了他人性中的本能之一：自尊心。他后头想要重新振作，虽说也有想要躲羞的意思，但羞耻心正是人与动物最大的区别啊！从前的薛蟠打死了人都没感觉，与禽兽何异？如今他非但知道羞耻，而且居然还起了自我反省之心："我长了这么大，文不文，武不武，虽说做买卖，究竟戥子、算盘从没拿过，地土风俗，远近道路也不知道。"

等外出历练了一番的薛蟠再和柳湘莲重逢时，二人竟然还结成了生死弟兄。当听说柳湘莲要聘尤三姐时，薛蟠当即便表示愿意慷慨解囊，替柳湘莲下定，对柳湘莲也以"二哥"相称。和贾琏说起偷娶尤二姐之事时，他也是自责："早该如此，这都是舍表妹之过。"诸位是不是有种薛老大脱胎换骨的感觉？及至他回到家中，因为水土不服，病倒在床，听说柳湘莲来了，忙请入卧室相见。说起柳湘莲的亲事一节，薛蟠已是"凡应东西皆已妥当，只等择日"。真真的有知己之感、手足之情。等到了后来尤三姐殁，柳湘莲出走，薛蟠更是带了小厮们各处寻找，没找着，还望着西北方向大哭了一场。回家和薛姨妈说到柳湘莲，他还忍不住悲由心生，"眼眶儿又红上来了"。

其实就算薛蟠没挨柳湘莲那顿打之前，他在家人面前也和外面的"呆霸王"形象判若两人。宝玉挨打那回，他其实是被冤枉了，但他因为头天晚上带着几分酒意，惹哭了薛宝钗，自己第二天早上后悔不已，除了满口里给母亲和妹妹赔不是，又赌咒发誓今后谨慎交友外，还说了一段十分感人的话语："何苦来，为我一个人，娘儿两个天天操心！妈为我生气还有可恕，若只管叫妹妹为我操心，我更不是人了。如今父亲没了，我不能孝顺妈，多疼妹妹，反教娘生气，妹妹烦恼，真连个畜生也不如了。"而且说着，他的"眼睛里禁不起也滚下泪来"。

即便是开篇就将读者引入误区的"强买香菱"事件的女主——香菱，薛蟠将她买回家后也并未像通常的文学作品中所体现的那样，当天晚上便迫不及待地逼其就范，而是让香菱做了薛姨妈的小丫鬟。一直到贾琏送林黛玉归省回来，两个人才"摆酒请客""明堂正道"地圆了房。而在此之前，"他为要香菱不能到手"，和薛姨妈"打了多少饥荒"。所以"强买香菱"事件发生在整本《红楼梦》一开始，那时候薛蟠年纪也并不大。香菱对他而言，就是个看中了的东西，一个被宠坏了的孩子，只要是他看中的就必须要弄到手才安心，谈不上什么欺男霸女之类的，但是许多读者对于薛蟠的印象都是"欺男霸女，无恶不作"，根源应该就是"强买香菱，打死冯渊"这个故事。

所以我们现在再来想想：薛姨妈要去见王夫人，薛蟠拦得住吗？肯定拦不住。她老娘叫他自己去单住，他会自己走开吗？肯定不会，甚至可以说不敢，因为他知道薛姨妈叫他去单住不过是个说辞而已。其实他们娘儿仨肯定是要住在一处的，因为薛父早丧，他们母子三人相依为命也早已成了习惯。所以说对于薛姨妈最初入住贾府的目的不用想得太复杂，就是字面上的意思："咱们这一进京，原该先拜亲友，或是在你舅舅家，或在你姨娘家。他们家的房舍极是便宜，咱们先去寄住，再慢慢的着人去收拾，岂不消停。"

王子腾升了外省去了，他们自然就奔贾府而来，而且薛姨妈与王夫人别了这几年，那会儿又没电话、微信之类的，姊妹们想要"厮守几日"，于情于理都没毛病。况且薛姨妈一个单身女人，带着年轻的儿子和当时年纪尚幼的女儿，来到京城这样的花花世界，贾政作为姐夫，将他们留在自己家里住下是很正常的一件事情。而且他家地方也确实大得很，梨香院空着也是空着，留薛姨妈他们住下更是合情合理。正好薛姨妈心里也想和大家住在一处，而自己的儿子是个惹祸精，住在一起首先可以对薛蟠能有所约束，再不济，就算真闯了祸，找靠山也方便快捷些。就好比薛蟠挨了柳湘莲的打，薛姨妈的第一反应就是"意欲告诉王夫人，遣人寻拿柳湘莲"。

况且，按照常规做法，通常人们在有兄弟和姐妹两家亲戚可供选择时，往往都会选择去姐妹家里。尤其是姐妹之间，我们很少会放弃姐妹团聚而去选择和兄嫂或弟媳相处的。所以即使王子腾没有升任外省，薛姨妈也不一定去投奔王府。

但是当梨香院成了十二个小戏子的居所时，薛姨妈没有离开贾府，而是"另迁于东北上一所幽静房舍居住"，这就确实有些令人费解了。通常情况下，在别人家做客遇到主人家中有大事要办，一般来说，都会选择离开，不给主人家添乱。反正都搬家了，干脆搬回自己家得了，但是薛姨妈硬是放着自己家现成的房子不住。所以此时的薛姨妈选择继续留下，其动机确实早已和来时大相径庭了。

一直到抄检大观园，薛宝钗虽身处是非圈子里，却因为亲戚的身份被搞了个特殊化，免于搜查。这就尴尬了，于是薛宝钗只得自己主动要求退出大观园。我想若没个充分的理由也难再回来了，毕竟探春已经把话说到了尽头："不但姨妈好了还来的，就便好了不来也使得。"又说："亲戚们好，也不要死住着才好。"而且当她向李纨辞行时，"李纨听说，只看着尤氏笑。尤氏也只看着李纨笑"。俗话说："响鼓不用重槌敲。"以宝钗的情商，李、尤二人这一笑足矣，后面再说什么全都无关紧要了。并且当王夫人问凤姐宝钗回家之事时，凤姐也认为宝钗的离开是必需的："我想薛妹妹此去必是为前夜搜检众丫头的原故，她自然为信不及园里的人。她又是亲戚，现也有丫头老婆在内，我们又不好去搜检，她恐我们疑她，所以多了这个心，自己回避了。也是应该避嫌疑的。"王夫人听了也觉得无可辩驳，只是这个结果肯定不是宝钗的本意。

到底宝钗后来有没有重进大观园，就无从知晓了。

关于《红楼梦》第七十九回的作者，目前颇有些争议，有不少学者认为不是曹雪芹所写。这么重大的问题不在本书讨论范畴内，我们且以通行本为据。薛蟠结婚也是在荣国府结的，这个就实在说不过去了。儿子结婚还不回家吗？所以准确地说：薛姨妈的家，始终不是她自己的家，不过好在她家的当家人是薛宝钗，大观园里闹翻了天了，薛姨妈家依旧是清平世界，诸事顺遂。这要归功于薛宝钗的细节管理，将"自己家"和大观园相连的小角门锁上，钥匙还亲自保管。所以大观园里"七事八事"，竟没有薛家的人牵扯其中。

虽说后来薛蟠娶的那位夏金桂不是盏省油的灯，但有薛宝钗这尊神镇着，她也翻不起什么大浪，可是整天吵得鸡飞狗跳的也着实是烦人，而且夏金桂制服了薛蟠后又打算收拾婆婆和小姑子。"宝钗久察其不轨之心，每随机应变，暗以言语弹压。金桂知其不可犯，每欲寻隙，又无隙可寻，只得曲意俯就。"这姑嫂二人如此这般，岂是长久之计？！

也不知薛姨妈是否会因为夏金桂的吵闹而羞于继续在贾府住下去，最终回到她自己真正的家。

第十二章

贾琏的办公室

说了这么多二线的事，也该来说说那些归贾琏管控的一线部门的事情了。

就从贾琏的办公室——外书房说起吧。

第一节　外书房的经理人

说到外书房，就不得不提一下贾琏那段著名的办公室恋情了。

巧姐出痘疹，贾琏搬到办公室住了几天。这就给了那位"美貌异常，轻浮无比"的多姑娘大显身手的好时机。贾琏与她"海誓山盟，难分难舍，自此后遂成相契"。不过贾琏的盟誓是不大靠谱的，没过多久，就又出了"鲍二家的事件"，再后来更是有了"红楼二尤"的故事。贾琏与多姑娘的故事，原文倒也寻常，只是此处脂批批得妙，几句批语活生生将个俗艳的场面点评成了妙趣横生、喜感十足的画面，因此不得不提一下。尤其是文末点睛一句："趣文'相契'作如此用，相契扫地矣。"顺便再说一句这一段的脂批，原著写"更兼淫态浪言，压倒娼妓"，此处脂批是"总为后文宝玉一篇作引"。这一笔想必是为后来晴雯被撵回家,她的姑舅嫂子灯姑娘调戏贾宝玉做的引子。提到这灯姑娘,还得再扯几句闲篇。

《红楼梦》里有几大偷听事件,其中一件便是灯姑娘偷听。因为有了灯姑娘的偷听事件,曹公才有机会将晴雯彻底洗白:"可知人的嘴一概听不得的。就比方才我们小姑下来,我也料定你们素日偷鸡摸狗,我进来一会在窗外细听,屋内只你二人,若有偷鸡盗狗的事,岂有不谈及于此,谁知你两个竟还是各不相扰的。"随后所言,更是滑稽,观之有"立地成佛"之感:"可知天下委屈事也不少,如今我反后悔错怪了你们。既然如此,你但放心;以后你只管来,我不啰唣你。"

借此机会,索性将几个偷听事件一并说了吧。

这第二件便是顺着晴雯之死,林黛玉偷听贾宝玉给晴雯所写的诔文《芙蓉女儿诔》。怡红院夜宴之时,黛玉抽的是芙蓉花签。曹公借着这篇诔文为黛玉之死埋下伏笔。通篇诔文,文采精华自不必细说,曹公唯恐后人不能看透他的本意,特意安排了林黛玉偷听这一环节,让林黛玉来为诔文修改,引出点睛之笔:"茜纱窗下,我本无缘;黄土陇中,卿何薄命!"

还有一件偷听事件也是林黛玉干的。贾宝玉得了清虚观张道士给的金麒麟，林黛玉的心里可就不踏实了，"因此心下忖度着，近日宝玉弄来的外传野史，多半才子佳人，都因小巧玩物上撮合，或有鸳鸯，或有凤凰，或玉环金佩，或鲛帕鸾绦，皆由小物而遂终身。今忽见宝玉亦有麒麟，便恐因此生隙，同史湘云也作出那些风流佳事来。因而悄悄走来，见机行事，以察二人之意"。黛玉的偷听使得读者明白了贾宝玉和史湘云是不可能的，二人的三观根本就不一致，从而为史湘云的终身大事埋下伏笔，同时也未尝不是给林黛玉的终身大事埋下了一个伏笔。诸位自然都不会忘了北静王水溶的那串小物件——鹡鸰香念珠，焉知黛玉不会因此而遂了终身呢？！

另有一桩跟林黛玉相关的偷听事件是薛宝钗干的。当然，以薛宝钗的为人，自然是不可能像林黛玉那样"悄悄走来，见机行事"的，她的这次偷听纯属无意，那就是"滴翠亭事件"。宝钗无意中听见小红和坠儿说贾芸的悄悄话，这个小小的偷听事件，至少传递给读者两条重要的信息：

一是宝钗对怡红院的用心之深，只凭声音就能准确判断出贾宝玉都不认识的小红，而且还对其作出了客观准确的评价，尤其是用了"素昔"二字，说明观察她不是一天两天的了。小红在怡红院只是个微不足道的小角色，连这样的人，薛宝钗都观察到了，其余要紧之人就更不必说了。

第二条信息是向读者再一次传递了宝钗之"冷"。曹公在前文曾煞有其事地详细解说过冷香丸，此处让宝钗随口便将黛玉扯了进来，以便自己脱身，进一步强调宝钗性格中的实用主义。再加上后来的尤三姐之死，薛姨妈和薛蟠都对此事十分关心，唯有薛宝钗听了"并不在意"，随口说："俗语说得好：'天有不测风云，人有旦夕祸福。'这也是前生命定，活该不是夫妻。"紧跟着就安排请客送礼之事，真无愧于一个"冷"字了。王熙凤对她的评价还是比较中肯的："不干己事不张口，一问摇头三不知。"

宝姑娘只对和自己相干的人和事关心。在原著第二十九回中，清虚观打醮，宝钗一眼便认出史湘云也有一个类似的金麒麟。探春赞道："宝姐姐有心，不管什么她都记得。"而林黛玉则讥讽道："她在别的上，心还有限，唯有这些人戴的东西上，越发留心。"宝姐姐留心别人的佩饰，自然是因为自己也有个等待配对儿的金锁，所以才对周围相关人员加以留心。当然林妹妹其实也关心，只不过是因为自己没有才格外留意。

不仅是对事，薛宝钗对于和自己相干的人也比较上心，这也是她为什么能够听声音就辨别出小红来。也许有的读者会问：小红是怡红院的人，薛宝钗留意她情有可原，但是薛蟠从南方千里迢迢带回来的土特产，为什么宝钗分派时居然连赵姨娘都没落下？赵姨娘跟她又有什么相干的呢？是呀，为什么呀？当然是因为赵姨娘在贾政面前有发言权了！

接着再说和赵姨娘相关的两次偷听事件。一是凤姐偷听了赵姨娘骂贾环的话，结果是赵姨娘被凤姐猛批了一顿。曹公通过这个事件，将赵姨娘母子和凤姐之间的积怨展示给了读者，同时也将赵姨娘母子与凤姐、王夫人之间的生活常态描画了出来。贾环和赵姨娘听见凤姐的话的反应是："贾环素日怕凤姐比怕王夫人更甚，听见叫他，忙唯唯的出来。赵姨娘也不敢啧声。"这为后文的贾环烫伤宝玉，赵姨娘伙同马道婆谋害凤姐与宝玉做好了铺垫。

还有一次也是和赵姨娘相关的。她和贾政的私房话被小丫头小鹊偷听了去,那小丫头跑到怡红院向贾宝玉告密。这其实是告诉读者,整个贾府都在相互窃听,各派间谍,正如探春所说:"咱们倒是一家子骨肉呢,一个个不像乌眼鸡,恨不得你吃了我,我吃了你!"

既已说到怡红院,就说和怡红院相关的一桩偷听事件吧。"坠儿偷镯",说的是贾宝玉偷听了平儿和麝月的对话。怡红院的小丫头坠儿(这姑娘的名字就起得不好,"罪儿",她的出现就是伴随着各种罪过),替小红和贾芸私传手帕,偷了平儿的虾须镯,最终被晴雯打了一顿撵出去了。在这个小桥段中,宝玉的不成熟、存不住话,平儿的稳重与细心,麝月的平和,晴雯的暴躁与任性,全都展露无遗。而且通过"坠儿偷镯",曹公还点出了之前曾经发生的"良儿偷玉"事件。

上面说了大大小小七桩偷听事件,最后一桩是妙玉偷听黛玉和湘云的中秋联句。妙玉的才华在这个事件中得到了充分的展示。读者其实到这个时候才真正地领悟到妙玉"才华馥比仙"的一面,因为在此之前,她展示给读者的基本上都是"天生成孤癖人皆罕"。曹公通过这个偷听事件让妙玉露了一小手,因为人家只是临时随口续的十三句,并未细加斟酌,就这已经让林黛玉和史湘云两个小姑娘"皆赞赏不已"了,说是:"可见我们天天舍近而求远。现有这样诗仙在此,却天天纸上谈兵。"至于妙玉所续的十三句所蕴含的深意,各路专家学者众说纷纭,尚无定论。在下也在拙作《漫品红楼》中针对"钟鸣栊翠寺,鸡唱稻香村"一句做了些猜想,诸君有意可找来一看。

说了上面这一堆题外话,还得回到贾琏的办公室来。平时出入这里最多的,大致有这么几位经理人:赖大、林之孝、周瑞、吴新登、戴良、钱华、来旺等人。另外,隆儿、昭儿和兴儿等几位生活秘书自然也是常驻此处的。下面就给诸位一一介绍上述几位由贾琏直接领导的员工。

就从赖大说起。毫无疑问,赖大是荣国府的第一大管家,他老妈赖嬷嬷估计是贾政的乳母,所以按照贾府的规矩,赖大(也就是贾政的"奶哥儿")年轻时通常会做贾政的长随,但是在辈分上要比主子低一级,因此赖大的儿子赖尚荣称贾宝玉为"宝叔"。

那赖嬷嬷如今退休在家养老,"闲了坐个轿子进来,和老太太斗一天牌,说一天话儿"。"家去一般也是楼房厦厅","自然也是老封君似的"。她曾亲眼目睹贾赦、贾政等人小时候挨打的惨状，提到如今的族长贾珍，称"珍哥儿"，对于贾珍的教子方式嗤之以鼻，说他："管儿子倒像当日老祖宗的规矩，只是管的到三不着两的。他自己也不管一管自己，怎么怨得这些兄弟侄儿不怕他？"这是个极不寻常的老太太，虽然是个奴才，可是说话沉稳，极有见地，且有分量。她调教自己的孙子说："哥儿，你别说你是官儿了，就横行霸道起来！""州县官儿虽小，事情却大，为那一州的州官，就是那一方的父母。你不安分守己，尽忠报国，孝敬主子，只怕天地不容你。"

周瑞的儿子在凤姐的生日宴上耍酒疯，凤姐气得要撵了那"王八羔子"。赖嬷嬷三言两语便替他解了围："奶奶听我说：他有了不是，打他骂他，使他改过，撵了去断乎使不得。他又比不得咱们家的家生子儿，他现是太太的陪房。奶奶只顾撵了他，太太脸上不好看。依我说，奶奶教导他几个板子，以戒下次，仍留着才是。不看他娘，也看太太。"凤姐听了自然是要给她这个情面的。

诸位千万别以为她在主子面前这样有脸，便骄纵万分，恰恰相反，人家老太太低调谦逊着呢！连平儿给她倒杯茶，她都忙站起身来接了，嘴上还笑着说："姑娘不管叫哪个孩子倒来罢了，又折受我。"

她教训孙子赖尚荣，说他："哪里知道'奴才'两字是怎么写！"诚然，当她在贾母跟前时，她为奴的机灵、巧言、善讨主子欢心的一面就显示了出来。贾母要给王熙凤凑份子过生日，王熙凤讨好贾母说："我想老祖宗自己二十两，又有林妹妹、宝兄弟的两份子。姨妈自己二十两，又有宝妹妹的一份子，这也公道。只是二位太太每位十六两，自己又少，又不替人出，这有些不公道。老祖宗吃了亏了！"见贾母高兴，凤姐便说要让邢、王二位夫人替迎春和探春出份子钱，这样才公道。赖嬷嬷便忙站起来笑说："这可反了！我替二位太太生气。在那边是儿子媳妇，在这边是内侄女儿，倒不向着婆婆姑娘，倒向着别人。这儿媳妇成了陌路人，内侄女儿竟成了个外侄女儿了。"几句话立刻说得"贾母与众人都大笑起来了"。

诸位细品，是不是一下子就明白了：同样是老奴才，为什么赖嬷嬷成了"老封君"，而焦大却只能被塞马粪了？焦大是怎么和他的上级领导讲话的？"蓉哥儿！你别在焦大跟前使主子性儿。别说你这样儿的，就是你爹、你爷爷,也不敢和焦大挺腰子呢!不是焦大一个人,你们作官儿,享荣华、受富贵?你祖宗九死一生挣下这个家业,到如今,不报我的恩,反和我充起主子来了。不和我说别的还可,若再说别的,咱们红刀子进去,白刀子出来!"可见语言表达能力、与人沟通的能力真的是职场必备啊!所以人家赖嬷嬷调教出来的两个儿子,老大是荣国府的总经理,老二是宁国府的总经理。

  作为贾探春兴利除弊的参照物,赖大家的小花园更是大名鼎鼎,这就说明赖大的实际管理能力是绝对一流的,而荣国府却被以他为首的一群经理人管得"赚骗无节,呈告无据,举荐无因,种种不善,在在生事"。造成这样后果的原因只能是他并未尽心,又或者别有用心。在下曾亲见某企业内部有一财务总监犯了错,其账目混乱不堪,连刚入行的新手都比他强。有人以为老板眼光差,用了水平这么烂的一个人,其实不然。一番审查后,他才交代,他就是故意将账目做乱,才好浑水摸鱼。赖大家里富成那样,一个奴才家的小花园子居然有半个皇妃省亲用的大观园大,钱从哪儿来的?靠工资和年终奖吗?想也不要想。自然是"乘隙结党,窃弄威福"。

一个笨蛋,最多是做不好事;一个人精,故意做不好事,后果可就不堪设想了。不知有多少企业,欠了银行一屁股的债,可是高管们个个儿富得流油,标准的"穷庙富和尚",亦同此理。此类人员,若在国企,受损的自然是国家、集体;若是在民企,没准能要了这民企老板的小命。

再说林之孝。他应该在经理人中排在第二位,小厮们都称他为林二爷。林之孝的职务是银库账房,相当于财务总监或是总账会计吧,同时还负责收管各处房田事务。他在书中比较有分量的戏码其实并不多。一场是他在贾琏的办公室里提出合理化建议:"人口太众了。不如拣个空日回明老太太、老爷,把这些出过力的老家人用不着的,开恩放几家出去。一则他们各有营运,二则家里一年也省些口粮月钱。再者里头的姑娘也太多。俗语说:'一时比不得一时。'如今说不得先时的例了,少不得大家委屈些,该使八个的使六个,该使四个的便使两个。若各房算起来,一年也可以省许多月米月钱。况且里头的女孩子们一半都太大了,也该配人的配人。成了房,岂不又是一件好事,又滋生出人来。"从这一小段话，不难发现林之孝是个极其精明之人。荣国府的症结他看得清清楚楚：多少人占着编制其实"各有营运"；里头的姑娘们人大心也大，而且人多事少，必然无事生非。若早按林之孝的建议办，也不至于生出后来的"绣春囊事件"，更不会有什么"抄检大观园"了。

这一把手、二把手都是这么精明之人，为什么却管不好企业呢？因为他们都有私心，又怎么去管旁人呢？林红玉说的"千里搭长棚，没有个不散的筵席"，肯定是在家里听她老子娘说的呀。此处插句题外话。小红这话是对她的同事佳蕙所说，那佳蕙通篇未见有什么特别之处，可偏偏听了这句话，竟"不觉感动了心肠，由不得眼睛红了，又不好意思好端端的哭，只得勉强笑道：'你这话说的却是。昨儿宝玉还说，明儿怎么样收拾房子，怎么样做衣裳，倒像有几百年熬煎'"。如果这佳蕙后面能有个什么故事，那么她说的这段话就是个铺垫，否则实在是有点突兀，竟不知这丫头是个什么来历？又是个什么结局？

还是接着小红学舌的话题说。高管人员抱着这种"做一天和尚撞一天钟"的心态工作，这企业还能管好？更何况总裁自己也带头谋私？贾琏和鲍二家的被凤姐抓了个现行。鲍二家的倒是与多姑娘、灯姑娘之流不同，一时羞愧上吊死了。她娘家人要告，贾琏让林之孝出面平息此事，许了二百两银子。这二百两银子贾总就让林总监入在了"流年账上，分别添补开销过去"。上行自然下效。林之孝管账，诸如此类的事情哪一桩也难逃他的眼睛，他自然最早便预见到贾府的衰亡是必然趋势，所以才会私下里感慨："千里搭长棚，没有个不散的筵席。"

有学者通过林之孝这句话推论出林之孝实际上是秦可卿娘家的旧仆，而且曾有好几个古本把他的名字写成"秦之孝"。这个观点，在下可真不敢苟同。不用举别的例子，只林之孝劝贾琏裁人这一情节，就足以证明林之孝绝不可能是空降兵，他必定是贾府的世奴。只有嫡系的子弟兵，他才有可能插嘴这件事。而且他对于彩霞的关心，其实也正是对自己的女儿——同样是"家生子"小红的关心，当然他并不了解自己的女儿已经神不知鬼不觉地替他钓了个金龟婿——正经的贾府爷们——贾芸，虽说眼下穷些，可人家根正苗红，是潜力股啊！

贾琏手下还有个人和林之孝应该是一个部门的，即银库房负责人——吴新登。我想他应该是管现金的。论职务，他该归林之孝管。这个人的出名主要有两个因素。其一就是脂砚斋那条著名的评语："盖云无星戥也。"就这六个字，便叫吴新登万劫不复。一个管现银的，却是个无星之戥，岂不是个笑话！其二便是他那个自以为是的老婆，吃饱了撑的，没事去招惹三大小姐贾探春，拿个赵国基之死做试金石，想要试试三小姐的能力，结果反把自己搞了个没脸。没人知道他老婆姓甚名谁，只知道她是吴新登家的。原著这一回的回目叫作"欺幼主刁奴蓄险心"。这么刁钻的狗奴才，她老公肯定也不是好人——可怜的吴新登这一回算是"躺枪"，平白无故又被黑了一回，也因此得以被众多读者记住。

周瑞应该也是归林之孝直接管理的，因为林之孝负责收管各处房田事务，而周瑞负责春秋两季的地租子。这个人在原著中始终像个背景图似的存在，几乎没什么正面描述。在书中活跃的角色是他的老婆——周瑞家的，以及他的女婿——冷子兴。这两个人都是占了一定的篇幅的，尤其是周瑞家的，戏份很多，前文已经说过，此处就不再重复。而冷子兴则是个上了回目之人（"冷子兴演说荣国府"）。

那个仓上的头领——戴良，估计是吴新登的直接下属，因为吴新登是银库房的总领嘛。而且在原著第八回中，贾宝玉为了避开贾政，绕路前往梨香院探望薛宝钗，巧遇吴新登和戴良等人正从账房里出来。可见他们是一个部门的。戴良其人脂砚斋在他的名字旁批注道："妙！盖云大量也。"这批注，如果没有他上司吴新登的"盖云无星戥"的批注在前，还以为是夸他心胸宽广、气量恢宏呢！可是把他们上下级俩人的批注放到一起对比着看，问题可就不言自明了：一个管钱的头儿是个"无星戥"，一个管物的头儿是个"大量"，这库房还能管得好吗?！

至于那个买办钱华，应该是个采购部的负责人。原著几乎没有对他做任何的描述，但是却通过探春改革时所免掉的脂粉钱这一个点，对这个家伙的工作情况进行了阐述。他和他的手下采购物品时不但以次充好，如果有别人敢买价廉物美的东西进来，还会遭到他们的打击报复。钱华之流之所以如此猖狂，自然是和库房连成一气的，不然采购回来的货过不了检验这一关，如何入库？又怎么可能被内宅的小姐们领用呢？我想曹公给这家伙起名"钱华"，大概就是说他实际上就是个"花钱"的主吧！那位著名的经济学家弗里德曼不是说嘛：

"花自己的钱办自己的事最为经济;花自己的钱给别人办事最有效率;花别人的钱给自己办事最为浪费;花别人的钱为别人办事最不负责任。"这位钱华正是个花别人钱的主!

那个来旺在原著中倒是有不少戏份,但可能是他资格不够老,而且还是个外来户,并非荣国府的嫡系子弟兵,所以他在贾琏手下的职位并不算高,和同事之间的人际关系似乎搞得也不算太好。否则,林之孝也不可能私下里拆他的台,说他儿子"虽然年轻,在外头吃酒赌钱,无所不至"。但他办的事却不少,下面举几个比较有名的例子。

凤姐弄权铁槛寺,假借贾琏之名派人去找长安节度使云光帮忙,所派之人就是来旺。凤姐想让尤二姐的前夫(娃娃亲而已)张华告贾琏,派的说客也是来旺。后来凤姐后悔留下把柄在张华手上,想要置张华于死地,派出的杀手也还是来旺。亏得来旺总算是天良未泯,心想:"人已走了完事,何必如此大作?人命关天,非同儿戏!我且哄过她去,再作道理。"估计来旺的这一善念必定是要给后来王熙凤的结局埋下个伏笔的。而且来旺还是王熙凤私放高利贷的经纪人,所以当他的儿子看中了王夫人的大丫头彩霞时，凤姐宁肯让贾琏不开心也要帮他把事情搞定，并且答应帮他儿子了事的同时立刻就吩咐他老婆："旺儿家的，你听见了。说了这事，你也忙忙的给我完了事来。说给你男人，外头所有的账，一概都赶今年年底收了进来，少一个钱我也不依。"

还有一个人，原著中没有写出他的名字，但这应该也是贾琏手下的经理人，准确说是驻外办事处主任吧。此人便是乌进孝的兄弟。乌进孝是谁？宁国府的驻外办事处主任。在原著第五十三回中，贾珍坐等乌进孝送来年货好分赏族人，见了乌进孝的账单，发愁道："我算定了你至少也有五千两银子来，这够做什么的！"乌进孝回答："爷的这地方还算好呢！我兄弟离我那里只八百多里，谁知竟又大差了。他现管着那府里八处地，比爷这边多着几倍，今年也只这些东西来，不过多二三千银子，也是有饥荒打呢。"

坦率说，我头几次看到这儿都是一带而过，并未十分留意，后来又仔细读了几次，方才注意到此处的"那府里"指的是荣国府。且看贾珍的话："正是呢，我这边都可以，已没有什么别项大事，不过是一年的费用。""比不得那府里，这几年添了许多花钱的事，一定不可免,是要花的,却又不添些银子产业。"乌进孝接下来的话进一步验证了我的猜想:"那府里如今虽添了事,是有去有来,娘娘和万岁爷岂不赏的!"紧跟着贾蓉的话彻底将我的猜想坐实了:"娘娘难道把万岁爷的库给了我们不成!她心里纵有这心,她也不能作主。""这二年,哪一年不多赔出几千银子来!头一年省亲连盖花园子,你算算那一注共花了多少,就知道了。再两年再省一回亲,只怕就净穷了。"

所以说乌进孝兄弟和赖家兄弟一样,分别在宁荣二府任职。至于乌氏兄弟的工作能力如何,这个真不敢妄加猜测,不过想必不弱,不然也不会将他们派驻外地独当一面了。

第二节　外书房的秘书

接下来再说说贾琏的那几位生活秘书吧。先从最有名的兴儿说起。兴儿之所以有名,是因为他的名字和"红楼二尤"连在了一起。尤氏母女就是从他的嘴里对荣国府的女眷们有了一个初步的了解。这个情节和冷子兴对贾雨村演说荣国府有得一比。只不过冷子兴说得比较宏观,兴儿则说得更具体,目标也更明确,主要针对内宅人员。通过他的口头描述,将大观园内的一干人等在基层员工心目中的形象描绘了出来。

李纨是"大菩萨";迎春是"二木头";探春是"玫瑰花",可惜却是"老鹳窝里飞出的"凤凰;林黛玉是"病西施";王熙凤是"醋缸""醋瓮""嘴甜心苦,两面三刀;上头一脸笑,脚下使绊子;明是一盆火,暗是一把刀""心里歹毒,口里尖快"。

同时，他还给了尤二姐一个忠告："奶奶千万不要去。我告诉奶奶，一辈子别见才好。"可惜尤二姐并未将兴儿的话听进心里，最终死在了凤姐手里。借着兴儿之口，曹公将邢夫人对凤姐的日常评语也给抖搂出来："雀儿拣着旺处飞，黑母鸡一窝儿，自己的事倒不管，倒替人家去瞎张罗。"其实是将邢夫人对贾母和王夫人的不满情绪也一并告知了读者："黑母鸡一窝儿。"

与此同时也将横亘在宝黛钗三人之间的"金玉良缘"一语点破：在群众眼里，那都不叫事儿，压根儿没人拿它当回事，真正叫作当局者迷。林黛玉因为这"金玉良缘"，朝思暮想，夜不能寐，愁绪万千："既你我为知己，则又何必有金玉之论哉；既有金玉之论，亦该你我有之，则又何必来一宝钗哉！"薛宝钗因为有了这"金玉"之论，"所以总远着宝玉"，又见元春所赐的东西，独她的与宝玉一样，"心里越发没意思起来"。贾宝玉更是说梦话都表决心："和尚道士的话如何信得？什么是'金玉姻缘'，我偏说是'木石姻缘'！"宝黛钗三人纠缠不清之际，群众的眼睛是雪亮的："将来准是林姑娘定了的。因林姑娘多病，二则都还小，故尚未及此。再过二三年，老太太便一开言，那是再无不准的了。"

不过我常私下里揣摩,没准曹公自己也割舍不下,最好是既有林黛玉的诗情画意,闲来无事耍耍小脾气,添几分闺阁乐趣,又能有薛宝钗的端庄娴淑、丰腴莹润,方不失闺阁之乐。宝钗与黛玉,一如娇花,一如纤柳,哪个曹公也放不下,否则书中那个曹公的化身贾宝玉怎会深恨宝钗的膀子没长在黛玉身上呢!"正是恨没福得摸,忽然想起'金玉'一事,再看看宝钗形容,只见脸若银盆,眼同水杏,唇不点而红,眉不画而翠,比林黛玉另具一种妩媚风流,不觉呆了。"

顺便说一下,宁国府也有个小厮,名叫兴儿。我原先以为是一个人,后来仔细分析了上下文,觉得另有其人。因为那个兴儿出现在原著第五十三回,宁国府上下人等都忙着开宗祠祭祖之时:

这日宁府中尤氏,正起来同贾蓉之妻,打点送贾母这边的针线礼物,正值丫头捧了一茶盘押岁的锞子进来,回说:"兴儿回奶奶,前儿那一包碎金子共是一百五十三两六钱七分,里头成色不等,共总倾了二百二十个锞子。"说着递了上去。

我想这样的活儿是不可能让贾琏的秘书干的，所以这个兴儿只能是宁国府的员工。不知道这个兴儿是否和贾琏的秘书兴儿一样，也是个话痨。正是兴儿的多话泄了领导的密，也害了尤二姐的命。可见作为一个秘书，少说多做是必须具备的品质。

相对于兴儿，昭儿的嘴可就严实多了。贾琏送林黛玉归省这样的长差，带的可就是昭儿。那昭儿奉命回家办事，见了王熙凤一句多余的话也没有："二爷打发回来的。林姑老爷是九月初三巳时没的。二爷带了林姑娘，送林姑老爷灵到苏州，大约赶年底就回来。二爷打发小的来报个信请安，讨老太太示下，还瞧瞧奶奶家里好，叫把大毛衣服带几件去。"而且汇报完毕"连忙退去"，不给王熙凤刨根问底的机会。

说到贾琏送林黛玉归省一事，就不得不又扯几句题外话了。因为看到网络上有不少红学爱好者探讨贾琏为什么不喜欢林黛玉，又或者贾琏喜不喜欢林黛玉，诸如此类的问题数不胜数，似乎不把贾琏和林黛玉两个弄出点事来誓不罢休。在下实在是看得有点着急，所以趁此机会表达一下个人观点吧。

综观原著中所有对贾琏与女性之间的描写，无一例外，都是成熟而有风韵的女人，如多姑娘、鲍二家的、尤二姐等，而且贾琏对于女人，从不强求，他喜欢的是两情相悦，最好是女方更加主动一点的。他看中了尤氏姐妹，"百般撩拨，眉目传情"，但见尤三姐对他并不热情，只"淡淡相对"，他便立刻不再浪费时间和精力。而见尤二姐对他"十分有意"时，他才"时常借着替贾珍料理家务，不时至宁府中来勾搭二姐"。就算是香菱，贾琏和薛蟠来往或是去看望薛姨妈，又或者薛姨妈打发香菱到凤姐的小院里办事，贾琏肯定见过她不止一次，但却从未留心，一直到香菱开了脸，成了小媳妇了，才引起贾琏的注意。

所以，可以说贾琏面对林黛玉根本就不可能滋生兄妹以外的情感。他和林黛玉先去的是扬州——扬州的风月场天下闻名，那才是贾琏所好。这也是贾琏和薛蟠的不同之处，薛蟠是只要自己高兴就成，完全不管对方意愿，他强买香菱就是个例证。而且薛蟠应该是喜欢娇弱型的，香菱被他买回来时也不过十二三岁的光景，尚未长成。他在贾府私塾里弄上手的两个小男孩，一个叫"香怜"，一个叫"玉爱"。听听这名字吧，全都是娇滴滴的，原著也用了"妩媚风流"四个字来形容他们。甚至当薛蟠看见林黛玉"酥倒那里",也是因为一眼瞥见了林黛玉"风流婉转"。所以"萝卜青菜,各有所爱",林黛玉根本就不是贾琏的菜。

继续说贾琏的秘书隆儿。这个角色本身在原著中并没有什么戏份,但曹公借他之眼点出了贾珍:"贾琏的心腹小童隆儿拴马去,见已有了一匹马,细瞧一瞧,知是贾珍的,心下会意。""心下会意"四字将贾珍的为人点明,宁国府的"乱"早已经是公开的秘密。

另有一位名叫住儿的,只在第三十九回被平儿提过一次:"前日住儿去了,二爷偏生叫他,叫不着,我应起了,还说我作了情。"此后便再不曾提及,所以本书也就将他忽略不计了。

上述这几位秘书,除了照料贾琏的日常起居,各种生活琐事,还有一项重要的工作内容"只可意会,不可言传"。"那个贾琏,只离了凤姐便要寻事,独寝了两夜,便十分难熬,便暂将小厮们内有清俊的选来出火。"

介绍完上面几位,想必诸君心中早已有了答案了:这样的一套管理班子,要是能把企业管好才真是见鬼了呢!不过前面介绍的都是贾琏手下的员工,那贾琏自己呢?下一节,我们就专门来说说贾琏本人的工作能力如何。

第三节　总裁贾琏

贾琏是荣国府名副其实的总裁，荣国府的财务签字权是在贾琏手上的。在原著第二十三回中，贾芹得了管理和尚、道士的差使，求凤姐说情找贾琏预支三个月的费用。凤姐便叫贾芹"写了领字，贾琏批票画了押，登时发了对牌出去。银库上按数发给三个月的供给来，白花花二三百两"。

若细论贾琏的工作能力，客观地讲，还是有的。首先，贾琏工作细心，还颇有责任心，重要的事情还亲力亲为。筹建大观园的主要领导工作其实都是他在做，贾珍不过是挂个名罢了。贾政带人验收时，贾珍负责接待工作，但当贾政问到具体事宜时，贾珍还是只能将贾琏找来回答问题。而贾琏来后，随身携带备忘录，有问必答，可见其工作极其细致到位。

其次，贾琏工作时间久，阅历丰富，十分精明，很多事情一眼便能看清本质。当贾珍举荐贾蔷去苏州采买小戏子等事宜时，他立刻就明白这是贾珍送给贾蔷的人情，当时便笑道："你能在这个行么？这个事，虽不算甚大，里头大有藏掖的。"但是他虽然看出问题，也没法阻止，何况他从心里也并没有十分想要阻止。不过职责所在，当贾蔷悄悄想给他行贿时，他还是给贾蔷敲了敲警钟："你别兴头。才学着办事，倒先学会了这把戏。"不过估计这话说了也是白说，贾蔷若不把存在江南甄家的五万两银子销账，想必是不会回来的。

再次，贾琏还是个颇具正义感的人。他对女人讲究两情相悦，对男人也一样，并不因为自己是豪门贵族就倚势欺人，这在他对待石呆子一事上体现得最为明显。他是"好容易烦了多少情"才见到了石呆子，而且似乎还和石呆子交上了朋友，不然石呆子也不会把他请到自己家里去坐着，还将自己的宝贝扇子拿出来给他看。然后俩人你来我往，讨价还价，他这是正经把买扇子这事当成一笔生意在谈，同时也把石呆子当作生意伙伴来尊重。所以当他听说贾雨村以势压人，讹石呆子拖欠官银，逼得石呆子变卖家产赔补，还把那几把宝贝扇子全都抄了来时，他很替石呆子抱不平，指责贾雨村："为这点子小事，弄得人坑家败业，也不算什么能为！"为此他还被老爹给揍了一顿。

《红楼梦》里一共有三顿打，其中以贾宝玉挨的那顿最有名，是为了琪官和金钏儿，而薛蟠挨的那顿则是因为想要调戏柳湘莲。这两顿打都是浓墨重彩地明写的，而贾琏这顿打则是通过平儿找薛宝钗讨要棒疮药娓娓道来。借着贾琏挨打这件事，曹公将贾雨村在贾琏等人眼中的形象描画了出来："都是那贾雨村！什么半路途中，哪里来的饿不死的野杂种！认了不到十年，生了多少事出来！"话是平儿说的，但绝对不是平儿一个人的看法，至少是凤姐的小院里的共同看法。

贾琏自己也亲口表达过他对贾雨村的看法。当林之孝告诉他贾雨村降职时，他就说："他那官儿也未必保得长。将来有事，只怕未必不连累咱们，宁可疏远着他好。"这说明贾琏作为企业总裁还是有一定的远见的，只可惜他和王熙凤、探春一样，全都是"生于末世运偏消"，剧中人物的宿命摆脱不了。有时我会傻想，倘若他们能打破"第四面墙"，跳出剧情，真的组建一家公司，贾琏、王熙凤、平儿、探春、薛宝钗，还有那个看着只会生病、发嗲，其实很会算账的林黛玉，不知道他们的企业是否能做得好？

最后，贾琏心胸开阔、思想开明，这也是一个企业总裁的必备素质之一。王熙凤之所以能够在贾府里这么耍得开，这和贾琏的开明是分不开的。如果仅仅是因为王熙凤娘家的后台硬，王夫人跟她一样，可是王夫人嫁的是贾政，贾政是绝对不会容忍王夫人"不论小叔子、侄儿，大的小的，说说笑笑"的。若说是王熙凤能力强，天生性格开朗，王夫人也不弱啊，抄检大观园就能看出王夫人一旦行动起来，也是迅若雷电，霹雳手段一点也不比王熙凤逊色。至于性格，千万别忘了，王夫人在家当二小姐时，那可是个"着实爽快"的人！所以王熙凤在贾府能活得这么如鱼得水，真得感谢贾琏开明的思想。

贾琏在对待尤二姐的历史问题时也表现得十分开明，他的经典论调一直以来脍炙人口："谁人无错，知过必改就好了。"而且也真是说到做到了。尤二姐死后，贾琏的悲痛是发自肺腑的，绝非逢场作戏。先是"搂尸大哭不止"，直到尤氏、贾蓉等人来了才劝住，又亲自去找王夫人，讨要了梨香院停灵，还打算将灵柩移到铁槛寺去。这铁槛寺可不是普通的寺庙，"原是宁、荣二公当日修造，现今还是有香火地亩布施，以备族中老了人口，在此便宜寄入。其中阴阳两宅，俱已预备妥帖，好为送灵人口寄居"。这是要让尤二姐入族谱的节奏啊！并且因为觉得后门出灵不方便，他连梨香院的院墙都给砸了，特意对着正墙开了一扇通街的大门。重见尤二姐遗体时，他忍不住又搂着大哭，可谓是情深义重了。也正因为贾琏对尤二姐的爱之深，才会由于尤二姐的死因不明而对凤姐恨之切："奶奶，你死的不明，都是我坑了你！""我想着了，终究对出来，我替你报仇！"为凤姐将来的"哭向金陵事更哀"埋下伏笔。

说来说去，贾琏作为一个企业总裁，基础素质还是可以的，也是苦熬过"寒窗十载"的，是有一定的文化修养的，且喜好于世路上言谈机变、善于社交，再加上前文所述的种种特性，还是有望成为一个合格的CEO的。只可惜企业氛围实在太烂，如同一个大染缸，谁也别想出淤泥而不染。孤高如妙玉又如何？还不是"到头来，依旧是风尘肮脏违心愿。好一似，无瑕白玉遭泥陷"。就算是林黛玉想要"质本洁来还洁去，强于污淖陷渠沟"，也难！

该说的经理人们也说得差不多了，下面也该说一说那位名誉董事长了。

第十三章

名誉董事长贾政

对内，贾政是个摆设，可是对外，他才是荣国府真正的董事长。不过我们说的是以内宅的人和事为主线的，所以只好委屈贾政做个名誉董事长了。

想象当中,贾政应该是个有一些孤傲清高,又有一些教条守旧的人,正如林如海所说:"为人谦恭厚道,非膏粱轻薄仕宦之流。"而且他受过良好的文化教育,即便不是才华出众,也是文采风流;是个标准的贵族世家子弟,交往的人也应该是"谈笑有鸿儒,往来无白丁"。那么我们就来看看现实中贾政是个什么样的人,以及平时出入他的大书房,或者说他的家庭办公室、会客厅,环绕在他身边的那一群清客都是什么样的人。这些人实际上对贾政的言行有着潜移默化的影响。贾府虽然是他们所依附的大树,但他们在外面的言行对贾府的社会形象也同样产生着巨大的影响。这就像我们提到一个企业的社会公众形象时,通常除了介绍它的员工队伍,还会介绍它的合作伙伴。

现在我们就先来看看贾政本人。贾政这一角色在书中最主要的任务之一,就是检查贾宝玉的作业。那场声势浩大的贾母禁赌，以及紧随其后的抄检大观园，追根溯源，还是因为晴雯为了帮助贾宝玉躲避贾政检查作业。而且贾政检查作业的方式多种多样、机动灵活，并不拘泥于只看书面作业，有时还将贾宝玉的跟班的拎过来抽检，李贵那句著名的"呦呦鹿鸣，荷叶浮萍"就是被贾政提问时逼出来的。李贵的话引得"满座哄然大笑"，贾政也撑不住笑了，当即吩咐李贵带话给老师："哪怕再念三十本《诗经》，也都是虚应故事而已。你去请学里太爷安，就说我说的：什么《诗经》、古文，一概不用念，只是光把《四书》讲明背熟，是要紧的。"又说贾宝玉："你如果再提'上学'两字，连我也羞死了。""仔细站脏了我这地，靠脏了我的门！"听了这些话，是不是感觉贾政自己绝对是个学霸级的人物，所以对贾宝玉的不成器格外地恨铁不成钢啊？

贾政"自幼酷喜读书"不假，而且原计划也的确是打算要和林如海走一条路的，"欲以科甲出身"，但是并没有成功——他的官职是皇上赏赐的。当然，我们也可以把他理解成没有得到机会展示。但是如果真有把握，像林如海那样中个探花郎什么的，估计还是会试一把的。所以贾政实在算不上什么学霸。贾府真正的学霸，还得说是宁国府的贾敬。

那位原本袭了官,后来"只在都中城外和道士们胡羼"的贾敬,才是正经"乙卯科的进士"。前文已经说过,他这进士也不知究竟因为什么竟被革成了一介白丁。秦可卿死的时候,贾珍替贾蓉买官时所报的履历上贾敬还是个进士出身呢!等贾敬自己死的时候,若不是天子"仁孝过天,隆重功臣之裔","格外恩旨曰:'贾敬虽白衣,无功于国,念彼祖父之功,追赐五品之职'"。否则,他也就是一小老百姓了。而且皇帝还特意下了一道圣旨,规定了哪些人可以前往吊唁:"朝中自王公以下准其祭吊。"想当年他的孙媳妇秦可卿死的时候,那可是东平王、南安王、西宁王、北静王,四大王皆专门在路旁"彩棚高搭,设席张筵,和音奏乐"设了路祭的。说到此处,不得不多句嘴:原著第十四回非常详尽地介绍了所谓"当日"的"四王八公"。除了上述的"四王"外,还将"八公"也不厌其烦地一一列出:镇国公牛清、理国公柳彪、齐国公陈翼、治国公马魁、修国公侯晓明、缮国公石守业,再加上贾家的宁国公贾演与荣国公贾源。看着似乎一点毛病没有,可是不知诸位可还记得第三回林黛玉初进荣禧堂时,与万岁爷的墨宝"荣禧堂"三个斗字遥相呼应的是一副乌木錾银的对联"座上珠玑昭日月，堂前黼黻焕云霞"。而这副对联下面的落款清清楚楚地写着"同乡世教弟勋袭东安郡王穆莳拜手书"。脂砚斋还特意在此处批了一笔："先虚陪一笔。"既然这"东安郡王穆莳"也是个"勋袭"者，为什么到了第十四回各路王侯将相集体亮相的时候却没了踪迹？岂不怪哉？在下百思不得其解，于此处提出，希望能有高人解惑赐教。先谢了。

接着说关于贾敬之死皇上所下的那道旨意。这道看上去分明不合理的圣旨，却是"此旨一下，不但贾府中人谢恩，连朝中所有大臣皆嵩呼称颂不绝"。这其中究竟发生了什么，至今无人知晓。

除了贾敬，估计贾府里爱学习的子弟也就要数贾政了。不过贾政似乎和李纨是同一类的，会说会评不会写，说起来头头是道，评起来也不失公允，但就是自己写不了，通篇并不曾见贾政写过什么锦绣文章，也未见他吟诵过什么好词妙句。这就跟有些企事业单位的领导差不多，你说他不懂吧，他讲起来也是一套一套的，尤其是挑别人的毛病那更是明察秋毫，可是叫他自己动手呢，则离了秘书什么也干不了。

再来看看他身边环绕的是哪些人吧！头一个就得说贾雨村。贾政对贾雨村那是从头到脚、从里到外都十分欣赏：

见雨村相貌魁伟，言谈不俗，且这贾政最喜读书人，礼贤下士，拯溺济危，大有祖风，况又系妹丈致意，因此优待雨村，又更不同，便竭力内中协力，题奏之日，轻轻谋了一个复职候缺。不上两个月，金陵应天府缺出，便谋补了此缺。

可见贾雨村复出，全靠贾政出力，而贾政为其也真的是不遗余力。殊不知，这贾雨村打从一开始就是处心积虑地接近林如海的。也许有读者不赞同我的说法，您先别急着否定我，且看看我分析得可有道理。

贾雨村到扬州之前，就已经是官场上的老油条了。他是因为"有贪酷之弊，且又恃才侮上"而被自己的上司所参："生性狡猾，擅纂礼仪，且沽清正之名，而暗结虎狼之属，致使地方多事，民命不堪。"什么叫"沽清正之名"啊？说白了就是会"装"，装得人五人六的，装得清正廉洁、刚正不阿的。他这样的官场老手到了维扬地界，第一件事情必然是想法设法打听当地的官场内幕，一下子就把林如海的所有情况了解得清清楚楚，连林如海想给年方五岁的女儿找个家庭教师的事情都打听得明明白白。于是贾雨村便托朋友帮忙，"谋了进去"。注意，曹公此处用了一个"谋"字。何为"谋"？就是想方设法的意思。

要知道贾雨村在给林黛玉做家庭教师之前是给甄宝玉做家庭教师的，所以林黛玉和甄宝玉可是实实在在的师兄妹呢！那贾雨村不但了解甄宝玉的为人，连甄家的几个姊妹的情况他都有所了解。由此可见，他替人家做家庭教师不过就是个幌子而已，实则是寻求机会伺机而"谋"罢了。估计是在甄家没等到什么好时机，他便寻了个借口，说是"因祖母溺爱不明，每因孙辱师责子，因此我就辞了馆出来"。

想必读者诸君都知道，这《红楼梦》也曾叫作《风月宝鉴》，此名源于渺渺真人所有的那把双面镜——风月宝鉴。甄宝玉、贾宝玉，无论是性情、模样，还是家庭环境，都不过是镜里镜外的事，一般无二。贾宝玉与甄宝玉梦中相会醒来时，便是以床前的镜子进行了"梦的解析"。

贾雨村对于甄宝玉难以忍受，可是对贾宝玉呢？听冷子兴说"将来色鬼无疑了"，他立刻便骇然厉色忙止道："非也！可惜你们不知道这人来历。大约政老前辈也错以淫魔色鬼看待了。若非多读书识字，加以致知格物之功，悟道参玄之力者，不能知也。"随后从天地人说起，王侯将相、才子佳人，长篇大套说了个遍，又举了甄宝玉为眼面前的实例，证明贾宝玉不是一般人——而他自己也不是一般人，他是个读书识字、致知格物且又具备"悟道参玄之力"的人。及至见了贾宝玉，他更是视若珍宝，每回到贾府都非要见见贾宝玉不可。实则无他，唯利耳！

接着上面贾雨村"谋"进林府说。林黛玉请假，贾雨村出门闲逛，巧遇冷子兴，从冷子兴那里对贾府的近况以及人员架构都有了相对细致的了解。可是当冷子兴说到贾敏即是林如海的夫人时，他却拍着桌子笑道："怪道这女学生读至凡书中有'敏'字，她皆念作'蜜'字，每每如是；写的字遇着'敏'字，又减一二笔，我心中就有些疑惑。""今知为荣府之孙女。"就冲着他向冷子兴打听宁、荣二府的详细劲儿，鬼才相信他在林如海家待了整整一年，却不知道林如海的夫人是谁。

再看他和冷子兴见面的第二天。当林如海愿意为他举荐时，他却又装模作样地"一面打恭，谢不释口"，一面却又假装一无所知地问林如海："不知令亲大人现居何职？只怕晚生草率，不敢遽然入都干渎。"就这么个见人说人话、见鬼说鬼话的货，拿着林探花的亲笔家书，到了京都，一下子就把贾政这个温室里长大的贵族老爷给征服了，连大观园的匾额对联都要请贾雨村审阅过才放心："我们今日且看看去，只管题了，若妥当，便用；不妥时，然后将雨村请来，令他再拟。"其他的清客听了心里当然不服，又不好明说，只得假笑说："老爷今日一拟定佳，何必又待雨村。"可是贾政就是相信贾雨村："你们不知，我自幼于花鸟山水题咏上就平平；如今上了年纪，且案牍劳烦，于这怡情悦性文章上更生疏了。纵拟了出来，不免迂腐古板，反不能使花柳园亭生色，如不妥协，反没意思。"可见贾雨村在贾政心目中，那是绝对的文采风流、唱咏俱佳的大才子。可惜贾政为了讨贵妃女儿的欢心，全都用了贾宝玉所拟，贾雨村因此未得着机会显摆。此外，林黛玉所拟的一字未改也全都用上了。

其实贾政和贾宝玉一样，也都是在锦绣丛中长成的，哪里知道什么世道艰险？更不可能了解像贾雨村这种中举前一直挣扎在生死线上的社会底层文人的求生本能，以及为了满足一己私欲而不择手段的为人处世的方式方法。少年时的贾政也和贾宝玉一样，"是个诗酒放诞之人"，只是自己下意识地将振兴家族的重任压在肩头。随着女儿贾元春被送进宫，仕途的凶险以及政治的险恶，日复一日，年复一年，他也就变得越来越谦恭谨慎了。其实这又何尝不是为了自保呢！想来这也是他养了那么一帮子门客的根本原因吧！看看他的那伙清客，要么就是他眼光太差、品位有限，要么就是跟那伙人在一起心情特别放松，还能时不时地找到些许当年诗酒放诞的感觉，因为那伙人里头确实是找不出哪个能算是"高大上"的。当然，这些人也大都还是有一技之长的，不然拿什么哄贾政开心呢？毕竟天长日久，单靠混也不是件容易的事，无论本事大小，总还是得有两把刷子的。

有本清代的笔记就曾给"清客"的本领做了个小结，叫作《十字令》："一笔好字，二等秀才，三斤酒量，四季衣裳，五子围棋，六出昆曲，七字歪诗，八张马吊，九品头衔，十分和气。"

贾政的门客主要的大概有这么几个人：詹子亮、程日兴、单聘仁、山子野、稽好古、卜固修、胡斯来、王作梅等。这个詹子亮和书中提到的詹光应该是一个人，姓詹，名光，字子亮。他和程日兴都是画家，贾宝玉就说："詹子亮的工细楼台就极好，程日兴的美人是绝技。"想来曹公从骨子里是看不起这些清客门人的，尤其是他老人家生活的那个时代，更是瞧不起商人的，所以他让程日兴和冷子兴一样，也是个古董商：唯利是图，四处钻营。

冷子兴是王夫人的陪房周瑞的女婿，身份够卑贱的。程日兴和他同行，自然也高贵不到哪儿去。而且这名字起的也是充满了鄙夷之情："程日兴"，谐音"成日兴"，即成日里兴风作浪，无事生非。詹子亮，名光，这名字就更直白了：沾光。净想着沾别人的光，揩别人的油了。这程日兴还费尽了心思讨好薛蟠。薛蟠过生日，他倒腾了鲜藕、西瓜、鲟鱼、暹罗猪供奉。相对于贾政清客的身份，他这么做，实在是没什么节操。不过也不是他一人如此，出席薛蟠生日Party的，还有詹光、胡斯来和单聘仁。

接着便说这胡斯来和单聘仁。胡斯来,即"胡事来",类似于上海话"淘糨糊"的意思,总之就是一混混。单聘仁则简单明了:"善骗人"。这几位虽说都是文人出身,没办法,为了生活也得想方设法和薛大少之流打成一片,也就顾不得有辱斯文了。更别说他们遇到贾宝玉了,讨好卖乖的话就更加肉麻了。在原著第八回中,贾宝玉"顶头遇见门下清客相公詹光、单聘仁二人走来,一见了宝玉,便都笑着赶上来,一个抱住腰,一个携着手,都道:'我的菩萨哥儿,我说做了好梦呢,好容易得遇见了你。'说着,请了安,又问好,唠叨半日,方才去了"。这位单聘仁和那个卜固修("不顾羞")两个估计是会"六出昆曲"的,因为贾蔷为了迎接元妃省亲下姑苏组建戏班子的随行人员名单里就有他们两个。

说到元妃省亲,那位号山子野的老先生绝对功不可没,全亏他筹划得当。同时,两位画家詹光和程日兴也充分发挥了作用。堆山凿池,起楼竖阁,种竹栽花,这些的确是需要有一定的美术造诣的,不然万难建成那样美轮美奂的大观园来。

这位詹光在后四十回中还和王作梅一起打算给贾宝

玉做个媒,但是因为故事情节发生在后四十回中,所以也就不去深究了。倒是"王作梅"这名字起得还是颇具曹公起名的特色的:妄做媒,枉做媒。

不过也亏了这伙清客,不然贾宝玉说不定真能被贾政盛怒之下给打死打残了,亏得他们"见打的不祥了,忙上前夺劝"。见劝不住贾政,"知道气急了,忙又退出,只得觅人进去给信"。还有多处贾政看着贾宝玉不爽的时候,都亏了他们从中调节。诸如原著第九回贾政听说贾宝玉要去上学了,立时冷笑道:"你如果再提'上学'两字,连我也羞死了。依我说,你竟玩的是正理。仔细站脏了我这地,靠脏了我的门!"此处脂砚斋批得及时又精确:"画出宝玉的俯首挨壁之形象来。"清客们则一听贾政的话头不妙,马上起身笑着打岔:"老世翁何必如此。今日世兄一去,二三年就可显身成名了,断不似往年仍作小儿之态的。"说着话早有两个年老的携了贾宝玉的手走出去了,"天将饭时,世兄竟快请罢!"若没有他们从中斡旋这几句话,贾宝玉还真难走出贾政的书房,所以这伙清客还真是贾政父子关系的润滑剂。

但是要想指望这么一伙人能给贾政对于家族管理出

什么高招，恐怕也是不容易，毕竟就算是孟尝君、平原君、信陵君、春申君四人加起来，门客上万人，能正经派上用场，青史留名的也不过就是毛遂、侯嬴、朱亥等几个人而已。这就像一家企业一样，员工再多，扛事的就那几个人罢了，其余的都不过是吹喇叭、抬轿子、打扇子的人手而已。

第十四章

离职看人品

这一章我们来说说红楼职场的离职人员。

俗话说，离职才最能看出一个人的人品。的确是这样，一个人在职时，往往都尽量掩饰自己对周围诸般人和事的不满与怨愤，一旦离职了，也就不需要伪装了，终于可以卸下面具做一回真实的自我了。所以这个时候你很有可能就会发现那个离职的人，根本就不是你平时所熟悉并自以为十分了解的相处了多少个日月甚至多少年的同事、哥们儿了。有的人，假如你是接手他工作的人，各种敷衍，各种一问三不知，也许能把你气得连揍扁他的心都有了。更有甚者，一旦离开眼前的企业，恨不得扔颗原子弹将此处夷为平地方才称心。这样的故事我就不讲了，网络上太多太多！我们还是只说说红楼职场里的那几位吧。

先说主动辞职的,有宝官、玉官和龄官。我想宝官、玉官可能是隐含宝玉将来要离开之意。对于龄官的离开,拙作《贾琏传》中将她的命运交给了贾蔷。说到红楼十二官,就不得不多说几句了。这十二官分别是文官、宝官、玉官、龄官、药官、藕官、蕊官、茄官、芳官、葵官、豆官、艾官。其他各官暂且不论,只说与宝黛钗相关的几位。

正旦芳官给了宝玉,小生藕官给了黛玉,小旦蕊官送了宝钗。原著第五十八回"杏子阴假凤泣虚凰",说的是小生藕官祭奠前搭档药官,被人抓住,先是撒谎说是林黛玉写坏了的字纸,被人拿到证据,正脱身不得,亏得贾宝玉搭救才解了围。贾宝玉细问原由,藕官则让他回去问芳官和蕊官。原来药官死后,补了蕊官,藕官与蕊官同样恩爱,却不忘药官,时时祭奠,且有一段说辞为这一行为做了注解:

这又有个大道理。比如男子死了妻,或有必当续弦者,也必要续弦为是。但只是不把死的丢开不提,便是情深义重了。若一味因死的不续,孤守一世,妨了大节,也不是礼,死者反不安了。

这段话深合贾宝玉之心,更是为宝黛钗三人纠缠不清的命运作出了合理的解释。而且曹公特意将小生藕官安排给了黛玉,正旦芳官给了宝玉,小旦蕊官给了宝钗。首先,无论如何宝钗都处于备胎的地位;其次,小生也罢、旦角儿也罢,反正都是假凤虚凰,怎么理解都可以。我们可以理解成黛玉死了,宝钗替补,宝玉不忘黛玉,但是也可以理解成宝玉离开了,别的什么人替补,黛玉不忘宝玉。我知道这个论调是要挨骂的,但我就是忍不住要这么想,因为宝官和玉官无声无息地离开了,这和将来贾宝玉飘然离去不可能一点关系没有,所以我在《贾琏传》中让黛玉嫁给了水溶,不然那一串鹡鸰香的念珠以及那一套渔翁渔婆的蓑衣岂不是浪费了?!说好的"无一字多余,即便是出现的猫儿狗儿,都别有深意"的呢?更何况是男主、女主以及占了回目的大活人?!

而且龄官在原著中可是明白交代了长得像林黛玉的,并且是贾宝玉觉得她像林黛玉,不是别人。那贾宝玉"留神细看",注意,是"留神细看",不是匆匆一瞥,"只见这女孩子眉蹙春山,眼颦秋水,面薄腰纤,袅袅婷婷,大有林黛玉之态"。她的离开怎么会和林黛玉一点关系没有呢?!所以林黛玉很有可能是要离开大观园的,真不一定非得死在大观园里。而且在宝钗的生日宴会上,一班外来的小戏子里头有个唱小旦的长得和林黛玉很像。为此,史湘云、贾宝玉、林黛玉三人还闹了一出,这更加说明林黛玉是极有可能走出大观园到外面去的。

我猜有读者可能看到此处会说:那个小旦是龄官。这我可得更正一下,肯定不是龄官。首先,书中交代:"定了一班新出小戏,昆弋两腔皆有。"其次,"贾母深爱那作小旦的与一个作小丑的,因命人带进来。细看时,益发可怜见。因问年纪,那小旦才十一岁,小丑才九岁"。要知道,早在元妃省亲之时,龄官就已经成了角儿了,哪里用得着这会儿才来问她的年龄?!所以诸位千万不要因为这也是个唱小旦的,又有史湘云说了句"倒像林妹妹的模样儿",就以为她是龄官了。

总之，宝官、玉官、龄官这三人算是主动离职的，悄悄地便走了，正如她们悄悄地来，没带走一片云彩，干脆利索，也没人在意她们的去留，就像企业中那些走马灯一样的人员流动，无波无澜，来来去去。大多数人都是这样。

当然，也有闹得声势浩大的。金钏儿的离职所造成的影响若是在红楼职场排第二，没人敢排第一。因为说话口无遮拦要被开除，她便跪下满口里讨饶："我再不敢了。太太要打骂，只管发落，别叫我出去，就是天恩了。我跟了太太十来年，这会子撵出去，我还见人不见人呢！"等到被撵回家里，她又哭天哭地作了两三天，然后跑到大观园东南角上的一口井里自杀了。众所周知，大观园的东北角相对僻静，东南角是通往薛姨妈家的，人来人往，也许金钏儿本无心赴死，所以选了人多的地方跳井亦未可知。谁知被她自己一语成谶："金簪子掉在井里头"了。随着她的死，贾宝玉顶上了奸逼母婢的罪名，挨了一顿打。因为贾宝玉挨了打，薛姨妈母女以为是薛蟠嘴上没有把门的，泄露了贾宝玉的秘密，于是薛家母子兄妹大吵大闹了一场，害得薛宝钗整哭了一夜。

这闹出动静来的第二个可能就要算是司棋了，因为她丢了的绣春囊招致抄检大观园。不过司棋闯的祸虽大，但她却并没有像金钏儿那样哭天号地、寻死觅活。相反，当她和表弟潘又安私相往来的书信、信物被查抄出来时，她只是"低头不语，并无畏惧之心"。她的事因为牵扯到邢夫人的脸面，原来是件大事，最终反而大事化小，小事化了，顾全了颜面，只对迎春说是"司棋大了，连日她娘求了太太，太太已赏了她娘配人，今日叫她出去，别挑好的给姑娘使"。司棋本人呢？听到除名通知，虽未闹腾，但还是忍不住哭了一场，抱怨了迎春几句："姑娘好狠心！哄了我这两日，如今怎么连一句话也没了？"含泪和同事们告别，又到底不死心，存着一丝幻想，于是她在迎春耳边说："姑娘好歹打听我受罪，替我说个情儿，就是主仆一场！"虽说现代职场讲究"好马不吃回头草"，但是现实当中这种被企业淘汰的员工，离职的时候的确是有像司棋这样的，在岗的时候不知道珍惜，离职的时候又可怜兮兮。

下面该排着晴雯了。想想曹公也是绝，晴雯这样伶牙俐齿的，若是活蹦乱跳精神十足的状态下，想要辞退她，可不是件容易事！她不吵你个天翻地覆，闹他个人仰马翻才怪！所以直接让她"四五日水米没曾沾牙，恹恹弱息，如今现从炕上拉了下来，蓬头垢面，两个女人搀架起来去了"。干脆利索，没有一点啰嗦。但是晴雯的故事并没有像司棋等人那样，离开了就算结束了，而是又生出了一段贾宝玉前往探视的情节来。每次看到此处，总忍不住笑出声来，原本悲悲切切的一段公子与俏丫头情深意重地互道珍重的场景，突然凭空杀出一个灯姑娘来，而且用了一段极俏皮的冷幽默辞藻加以描绘，实在是令人笑破肚皮了！

　　据说晴雯的姑舅哥哥不解风情，以致他媳妇灯姑娘"不免有兼葭倚玉之叹，红颜寂寞之悲。又见他器量宽宏，并无嫉妒衾枕之意，这媳妇遂恣意纵欲，延揽满宅内的英雄，收纳才俊，上上下下，竟有一半是她'考试'过的"。尤其是看见了贾宝玉，一个底层的奴才居然并无半点畏惧或是羞涩，嘴里嚷着："你一个做主子的，跑到下人房里做什么？看我年轻又俊，敢是来调戏我么？"说着话已将贾宝玉拉进了里间，一屁股坐在炕沿上，"却紧紧的将宝玉搂入怀中"，把个成日里都是和窈窕淑女打交道的怡红公子吓了个半死，满口里讨饶。整个段落看下来，这个灯姑娘的出现除了洗白了晴雯，实在没别的什么用处，曹公是怎么想出此时此刻弄了这么个人物进来的？！真正是神来之笔！

此外，晴雯的离职还促使贾宝玉完成了书中最能展示作者文学才华的一篇文章《芙蓉女儿诔》。这也是体现曹公的人生观、艺术观、美学观最为充分的一篇力作。

另有怡红院的茜雪，书中并未明写她是如何被辞退的，但是通过李嬷嬷要吃贾宝玉留给袭人的酥酪，由脂砚斋以批语的形式提醒读者：晴雯说的"快别动！那是说了给袭人留着的，回来又惹气了"的话语是为了"照应茜雪枫露茶前案"，并且在后面又让李嬷嬷自说自话道："你们也不必装狐媚子哄我，打量上次为茶撵茜雪的事我不知道呢。"如此这般让读者知道了那个叫"茜雪"的丫鬟自从在原著第八回中答复了贾宝玉所问的："早起沏了一碗枫露茶，我说过，那茶是三四次后才出色的，这会子怎么又沏了这个来？"说了一句话："我原是留着的，那会子李奶奶来了，她要尝尝，就给她吃了。"以后就再也没出现，原来是被辞退了。不过按照甲戌本、庚辰本眉批的提示，这个茜雪在八十回后将会出人意料地又出现在狱神庙内，且不计前嫌，探视过贾宝玉的。

此处说到贾宝玉的乳母李嬷嬷，忍不住又要扯一扯贾琏的乳母赵嬷嬷。红楼梦里有许多人物都是一一对应着写的，如果诸位您在品读的时候不对照着看，必定会少了许多滋味。就好比赵姨娘和平儿，赖嬷嬷和焦大，看着风马牛不相及，实际上您只要对照着看，就能从中悟出多少为人处世的道理来。要不怎么说"世事洞明皆学问，人情练达即文章"呢！这李嬷嬷便是可与赵嬷嬷两相对照着来看的。

赵嬷嬷是贾琏的乳母。贾琏和林黛玉从江南回来，少不了要带些土特产回家，"惠泉酒"便是其中之一。估计是锡山米酒，在下生平第一次喝醉便是喝的这酒，甜、糯、稠，喝的时候像米汤，完全没感觉，可是很快后劲便涌了上来。记得那天一大早去一个小伙伴的老家赶个庙会，阳春三月，中午从庙会回来，热得要命，正好刚盛出来的一碗家酿的米酒，凉丝丝、甜蜜蜜的正解渴，于是端起来一饮而尽，然后筷子就再也不听使唤了，头也支撑不住了，直接爬上床，倒头便睡。一觉睡到开了门出去，只听蛙声一片，稻香扑鼻，夜风习习。从那日起便与酒结下不解之缘，又怕喝，又想喝……这回真的扯远了！赶紧回来接着说贾琏的酒。

王熙凤摆下佳肴，斟上贾琏带回来的酒，夫妻二人正吃喝着，贾琏的乳母赵嬷嬷来了。贾琏和王熙凤赶忙请她炕上坐着，但是赵嬷嬷却"执意不肯"，只在炕沿下的脚踏上坐了。王熙凤赶紧为她张罗吃的，又说："妈妈，你尝一尝你儿子带来的惠泉酒。"

再看贾宝玉的乳母李嬷嬷，回回不是为了吃，就是为了喝，和小丫头子们打牙撂嘴，拌个不歇火，弄得怡红院里人人见了她避之唯恐不及。她自己呢？倚老卖老，强行吃了贾宝玉留给袭人的酥酪，还要放几句狠话："我不信他这样坏了。且别说我吃了一碗牛奶，就是再比这值钱的，也是应该的。难道待袭人比我还重？难道他不想想怎么长大了？我的血变的奶，吃的长这么大；如今我吃他一碗牛奶，他就生气了？我偏吃了，怎么样！你们看袭人不知怎样，那是我手里调理出来的毛丫头，什么阿物儿！"这番话除了招人烦，真是没有半点用处。当初茜雪把贾宝玉的枫露茶让她给喝了，本来贾宝玉正为李嬷嬷拿走了自己留给晴雯的豆腐皮包子而不快，因此当时就气得跳起来问茜雪："她是你哪一门子的奶奶，你们这么孝敬她？"这回若不是袭人顾全大局出面圆全，肯定又是一场风波。

反观赵嬷嬷，人家也摆老资格，可是表达的方式却与李嬷嬷截然不同。她想走后门给自己两个儿子谋份差使，贾琏嘴上应承却并未照办，于是赵嬷嬷便当着凤姐的面责怪贾琏说："我们这爷，只是嘴里说的好，到了跟前就忘了。"首先不称姓名，而是说"我们这爷"，从称呼上就透着亲近，随后趁便提了一下昔日的功劳："幸亏我从小儿奶了你这么大。"紧接着数落道："我还再四的求了你几遍，你答应的倒好，到如今还是燥屎。"但是点到为止，一句足矣！马上话锋一转："这如今又从天上跑出这一件大喜事来，哪里用不着人？所以倒是来和奶奶来说是正经，靠着我们爷，只怕我还饿死了呢。"这两句话有水平，一口一个"我们爷"，不脱亲近，还奉承得凤姐高兴。所以凤姐听了立刻笑道："嬷嬷你放心，两个奶哥哥都交给我。"但是当听见凤姐趁机发牢骚说贾琏往外人身上贴补时，赵嬷嬷却又立刻替贾琏说话了："若说'内人''外人'这些混账原故，我们爷是没有，不过是脸软心慈，搁不住人求两句罢了。"凤姐却不依不饶道："可不是呢，有'内人'的他才慈软呢，他在咱们娘儿们跟前才是刚硬呢！"贾琏此时自然不好接茬，只得任凭凤姐打趣，但赵嬷嬷打个哈哈便将凤姐的话头岔开，免了贾琏的尴尬："奶奶说的太尽情了，我也乐了，再吃一杯好酒。从此我们奶奶作了主，我就没的愁了。"果然贾琏趁势便下了坡，笑着说了声"胡说"，便叫人盛饭吃岔开了。

诸位细品，这样的老人是不是像极了我们家里维持安定团结的老人？怎能不敬？当然也不排除贾琏丧母，他和赵嬷嬷的感情有可能会比贾宝玉和李嬷嬷的感情更深厚些，但更重要的还是赵嬷嬷比李嬷嬷对于自身的位置摆得正。

好了，东扯西拉，言归正传，继续说辞职的事儿。跟晴雯在同一时段被辞退的还有四儿和那几个小戏子。只是跟着尤氏走了的茄官，我想她有可能成了漏网之鱼，王夫人总不能派人到宁国府去把她要回来再撵出去吧？！不过我心中还有个疑问：那位负责伺候贾母的文官难道就没有将她的小伙伴们的遭遇提前告知贾母吗？我想她应该是说了，否则贾母不会刚听了王夫人的汇报立刻便接口说："这是正理，我正想着如此呢。"

出去那几位，别人倒也罢了，宝玉的芳官、黛玉的藕官、宝钗的蕊官这几个小姑娘被辞退后，以芳官为首,"疯了似的,茶也不吃,饭也不吃,勾引上藕官、蕊官,三人寻死觅活,只要剪了头发做尼姑去"。最终三人如愿以偿,芳官跟了水月庵的智通,蕊官、藕官则跟了地藏庵的圆信。曹公如此安排,自然不是随手一写这么简单。我想芳官去了水月庵,自然是取镜花水月之意。另,水月庵又叫馒头庵,妙玉最爱的一句诗便是"纵有千年铁门槛,终须一个土馒头"。这些都是在暗示贾宝玉来日的了悟。而地藏庵是供奉地藏菩萨的所在,地藏是佛教中掌管阴间的菩萨,藕官和蕊官去了地藏庵,所以黛玉和宝钗必定都是要死的。虽说她们是不会去阎罗殿报到的,人家是要回太虚幻境的,但在世人眼中,都是个死。

既然已经说到寺庙了,索性顺便就把《红楼梦》里的几个寺庙都拿出来理一理吧。

第十五章

红楼职场外场

本章打算说一说《红楼梦》里提到的那几座寺庙，我知道一定有读者会说："聊红楼职场，你扯寺庙干吗？题跑得太远了！"

诸位，少安毋躁，且细想想，红楼梦里所提到的那几座寺庙庵堂，哪个和大观园无关呢？当然除了那个空有其名的芦雪庵，仅为一组建筑而已，其余哪个又和大观园在经济上没有瓜葛呢？正如王熙凤所说："忽然又来了两三个姑子，我心里明白了。那姑子必是来送年疏，或要年例香火银子，老祖宗年下的事也多，一定是躲债来了。我赶忙问了那姑子，果然不错。我连忙把年例给了她们去了。来回老祖宗，债主已去，不用躲了。"

所以诸位看官，您说这些个寺庙和红楼职场有没有关联呢？分明就是红楼职场的外场啊！而且整部《红楼梦》就是由一僧一道拉开了序幕，男主贾宝玉最终也走进了寺庙，所以聊《红楼梦》若是错过了书中的几座寺庙，实在是要错过不知多少关节呢！

我们就从原著中最早出现的葫芦庙说起吧！

曹公特意用了个茶馆里头说书式的开场白来介绍这葫芦庙："当日地陷东南，这东南一隅，有处曰姑苏，有城曰阊门，最是红尘中一二等富贵风流之地。这阊门外有个十里街，街内有个仁清巷，巷内有个古庙，因地方窄狭，皆呼作葫芦庙。"这一开篇便将通篇的起名风格定下了基调。"阊门"，即"昌门"，取其昌盛繁华之意；"十里街"，即"势力街"；"仁清巷"则是"人情巷"；"葫芦庙"即"糊涂庙"也。那位用来贯穿全书的湖州人（"胡诌"而已）贾化（"假话"），字时飞（"实非"）别号雨村的就寄居在葫芦庙里。隔壁邻居就是香菱家，只不过那会儿她还不叫香菱，而叫"甄英莲"，意即"真应怜"。她老爸甄费，字士隐，意即"真废""真事隐"。后来这个庙失火，里头的一个小沙弥蓄发做了官府的门子，帮着贾雨村胡判了薛蟠强买香菱的案子，回目就叫"葫芦僧乱判葫芦案"，实则就是

"糊涂僧乱判糊涂案"。

在原著第二回中,紧随葫芦庙之后,由冷子兴演说荣国府顺便就将第二座寺庙交代了出来:"次子贾敬袭了官,如今一味好道,只爱烧丹炼汞。""只在都中城外和道士们胡羼。"这贾敬炼丹的地方叫作玄真观,贾敬因为吃多了自己"秘法新制的丹砂","烧涨而殁"。他这一死,给了尤氏一个展示才能的机会,"死金丹独艳理亲丧"。尤氏一个人将丧事处理得有条不紊,越发衬托出秦可卿死的时候宁国府无人理事,贾珍不得已请了王熙凤过去协理的蹊跷。

也因为贾敬的死引出了"红楼二尤"的故事,让大观园之外的两个绝色女子得以登堂入室,上场演绎了一番。而且也借尤三姐之死告诉读者,所谓的"金陵十二钗",不仅仅是指大观园里头的女孩子,只要是金陵人氏都可以在册。尤二姐死前梦见尤三姐手执鸳鸯剑来劝她去杀了王熙凤:"姐姐,你一生为人心痴意软,终吃了这亏。休信那妒妇花言巧语,外作贤良,内藏奸狡,她发狠定要弄你一死方罢。""你还依我,将此剑斩了那妒妇,一同归至警幻案下,听其发落。"可见她们都是那"一干风流冤家"前来造劫历世的。无论她生在何处，编制是不是在大观园里头，在集团总部——太虚幻境那儿，她们全都是在册人员。

再往后可就是凤姐施展拳脚的所在——铁槛寺了。本回名为"王凤姐弄权铁槛寺"，实际上凤姐大显神通并不是在铁槛寺，而是在馒头庵，也就是前文提到的芳官出家的地方。馒头庵，又叫水月庵，因为庙里做的馒头好，所以得了"馒头庵"这个诨号，跟铁槛寺离得不远。脂砚斋生怕读者错过了这个诨号，特意在此处加注：

前人诗云："纵有千年铁门槛，终须一个土馒头"。是此意。故"不远"二字有文章。

那铁槛寺则是宁、荣二公为后代子孙筹谋规划的，但是"如今后辈人口繁盛，其贫富不一"，穷的就在铁槛寺住下了，富的则"一定另外或村庄或尼庵寻个下处，为事毕宴退之所"。凤姐自然是那富的，所以她理所当然住到了水月庵。

水月庵的老尼姑净虚虽是个出家人，却为着红尘俗事操心劳神，而且还不是发生在她现工作单位的事，是她从前的工作单位——善才庵的两个金主家里的婚姻纠纷。一个尼姑管闲事就已经够糟糕的了，管的还是婚姻之事，这就更叫人无语了。曹公给她起名"净虚"，便是点明了这老尼姑满嘴的鬼话"净是虚的"；她的前工作单位"善才庵"，脂砚斋特意加注道："'才'字妙。""俱从一'财'字上发生。"凤姐管了这档子闲事，发了笔横财，平白得了三千两银子，无心中害死了两条人命。通过水月庵这次的牛刀小试，凤姐充分尝到了弄权的甜头，胆识也得到了锻炼，"自此凤姐胆识愈壮，以后有了这样的事，便恣意的作为起来，也不消多记"。

和凤姐同行的，还有贾宝玉以及刚死了的秦可卿的弟弟秦鲸卿。这秦鲸卿可没因为他姐姐尸骨未寒而悲恸欲绝，到了水月庵便和小尼姑智能打成一片了，还被贾宝玉抓了个现行。贾宝玉声称晚上睡觉时要和秦鲸卿算账。每看到此处都想笑，曹公"装模作样"地说："宝玉不知与秦钟算何账目，未见真切，未曾记得，此系疑案，不敢纂创。"脂砚斋立刻紧随其后补上一笔：

忽又作如此评断，似自相矛盾，却是最妙之文。若不如此隐去,则又有何妙文可写哉?这方是世人意料不到之大奇笔。若通部中万万件细微之事俱备,《石头记》真亦觉太死板矣。故特因此二三件隐事,借石之未见真切,淡淡隐去,越觉得云烟渺茫之中,无限丘壑在焉。

坦率说单就曹公原文而言,本无意趣,可是被脂砚斋这么一点评,顿时便觉得意味深长,不可小觑了。其实整部《红楼梦》亦如此,若无脂砚斋的批注,《红楼梦》绝不能像今天这么有趣!难怪甲戌本眉批曰:"今而后惟愿造化主再出一脂一芹。"雪芹与脂砚对于《红楼梦》而言,的确是缺一不可!没有轻重之分!

这铁槛寺还是大观园里的玉皇庙和达摩院两处撤出来的十二个小沙弥和十二个小道士的寄居地。领班的贾芹还在那儿作威作福了一阵子。巧姐的判词里有这么一句话:"休似俺那爱银钱、忘骨肉的狠舅奸兄!"想必这"奸兄"说的便是贾芹。这小子可算是坏到骨子里了,连贾珍都说他:"你在家庙里干的事,打量我不知道呢。你到了那里自然是爷了,没人敢违拗你。你手里又有钱,离着我们又远,你就为王称霸起来,夜夜召集匪类赌钱,养老婆小子。这会子花的这个形象,你还敢领东西来？领不成东西，领一顿驮水棍去才罢。"这贾芹占着一份工作岗位，却还要在年底分福利的时候去和族中没工作的叔伯兄弟们去争一口食。贾府败落时，他为了自身利益和王仁串通一气坑害巧姐——这样的事，他应该是做得出来的。

有个和水月庵容易混淆的地方，叫作水仙庵。这水仙庵里的姑子也是贾府的常客，庵内供的是一尊子虚乌有的神——洛神。王熙凤过生日那天，贾宝玉曾在此处祭奠过金钏儿，因为金钏儿和王熙凤同一天生日。

而金钏儿入殓时穿的则是薛宝钗的衣裳。金钏、宝钗、钗头凤（凤姐），三者皆系金饰。金钏儿又姓白，薛（雪）亦为白，薛宝钗的判词也是以雪作为她的象征："空对着，山中高士晶莹雪。""金簪雪里埋"则说得更为直白。所以金钏儿跳井而亡，估计王熙凤和薛宝钗将来的死法也跟她差不多。金钏儿曾说过："金簪子掉在井里头。"因此想来薛宝钗不是掉在井里头了，便是死于大雪之中了。

接着说水仙庵所供的那位洛神。这位神仙姐姐最初叫作宓妃，大观园里也有位著名的妃子——潇湘妃子。林黛玉之所以得了这个名号，是因为探春说："当日娥皇、女英洒泪在竹上成斑，故今斑竹又名湘妃竹。如今她住在潇湘馆，她又爱哭，将来她想林姐夫，那些竹子也是要变成斑竹的。以后都叫她作'潇湘妃子'就完了。"这个建议得到了大家的高度赞同，于是林黛玉就成了潇湘妃子。娥皇、女英投湘水而亡，所以死后成了湘水之神。贾宝玉祭奠完金钏儿回到凤姐的生日宴会上时，《荆钗记》里的《男祭》正在上演。林黛玉便和薛宝钗发了一通感慨："这王十朋也不通得很，不管在哪里祭一祭罢了，必定跪到江边子上去做什么！俗语说：'睹物思人'，天下水总归一源，不拘哪里的水，舀一碗，看着哭，也就尽情了。"是啊！洛水、湘水，总归一源，所以林黛玉的死必定是离不开水的。而且她说这话，薛宝钗根本就没理她，贾宝玉也破天荒地没接她的话茬儿，所以林黛玉这段话就只能是为她自己的未来做个注脚了。

　　大观园里还有一位和神仙有些瓜葛的人，就是那位"气质美如兰，才华馥比仙"的妙玉，她就住在栊翠庵。而她在入住栊翠庵之前，曾在苏州的蟠香寺住了至少十年。好在蟠香寺有"看来岂是寻常色，浓淡由他冰雪中"的邢岫烟做伴，也算有个说话的人。邢岫烟家租用蟠香寺的房子，一住就是十年。妙玉在蟠香寺内到底曾经发生过什么事情，我们无从得知，只知道她"因不合时宜，权势不容"，所以被逼离开了自己的家乡。妙玉请黛玉等人品茶所用的水就是这蟠香寺梅花上的雪水。

不过妙玉到栊翠庵来，可没说自己是被逼无奈才离开蟠香寺的，而是说"因听见'长安'都中有观音遗迹并贝叶遗文，去岁随了师父上来，现在西门外牟尼庵住"。因为她那位"极精演先天神数"的师父临终前有遗言，说她"衣食起居不宜回乡，在此静居，后来自有你的结果"，所以她才留在了京都。只是不知这等机密之语林之孝家的是如何得知的？总之最终结果是由王夫人出面，特备了请帖将她从牟尼庵接到了栊翠庵。

元妃省亲时，又赐了一班幽尼女道给栊翠庵。虽说大观园里还有玉皇庙和达摩院，但那里头书中明白交代，分别是十二个小沙弥和十二个小道士，自然不可能弄几个幽尼女道进去搅和，所以这一班幽尼女道只能是放到栊翠庵里伺候妙大师的了。贾皇妃还为栊翠庵亲题了匾额"苦海慈航"，可谓是给足了妙玉面子。至于后来栊翠庵所发生的故事太过著名了，什么"乞梅"啊，"品茶"啊，此处就不再赘述了。

和元妃挂得上的除了栊翠庵，还有个清虚观。端午将近，元妃除了派人给娘家送来节礼，还特意打发太监送了一百二十两银子出来，让贾珍领着全族的男士到清虚观从初一到初三打三天平安醮，唱戏献供。为了这件事，贾府的人几乎全体总动员了。以贾母为首，"乌压压的占了一街的车。贾母等已经坐轿去了多远，这门前尚未坐完"。当"前头的全副执事摆开，早已到了清虚观门口"，而贾府门前的丫鬟媳妇们还在叽叽喳喳地吵嚷着"我不同你在一处""你压了我们奶奶的包袱"之类的废话。

冯紫英听说贾府在清虚观打醮，还连忙预备了猪羊香供茶食之类的东西送到观内，又连遣了两个管家的娘子亲来问安；冯家的人还没走，赵侍郎家也有礼到。"于是接二连三，都听见贾府打醮，女眷都在庙里，凡一应远近亲友，世家相与都来送礼。"真可谓声势浩大！

而在佛前拣了几出戏来，这几出戏大有文章，正是象征着贾府兴衰荣辱的过去、现在与未来，分别是说汉高祖刘邦斩蛇起首的《白蛇记》、唐朝名将郭子仪庆寿的《满床笏》和汤显祖的名作《南柯梦》。恰与开篇的

《好了歌》遥相呼应："陋室空堂，当年笏满床；衰草枯杨，曾为歌舞场。"

什么叫打平安醮？这是道教的一个传统仪式，也是一种民间习俗，为了答谢神明的庇护之恩等等，一般为期三到五天，第三天通常是高潮时刻。《红楼梦》着重写了第一天，忽略了后面两天。为什么没写后面两天呢？因为男女主人公第二天都没再去清虚观。为什么没去呢？主要原因是清虚观那位当日荣国公的替身张道士要给贾宝玉提亲，弄得贾宝玉"一日心中不自在，回家来生气，嗔着张道士与他说了亲，口口声声说从今以后再不见张道士了"。林黛玉则声称中了暑了，也不去了。实际上则是因为贾宝玉从张道士处得了一个和史湘云相匹配的金麒麟而不爽。

这张道士也是个方外之人，却和水月庵的老尼姑净虚一样，爱管红尘俗事。他提亲的小姐虽然还没得着机会说明姓甚名谁就被贾母一句话给封死了"上回有个和尚说了，这孩子命里不该早娶，等再大一大儿再定罢"，但是我们不妨来猜一猜这位张道士会为谁提亲？

首先我们需要明确一下这位张道士的身份。他除了是荣国公的替身儿，"后又倒做了道录司的正堂，曾经先皇御口亲封为'大幻仙人'，如今现掌'道录司'印，又是当今封为'终了真人'，现今王公、藩镇都称他为'神仙'"。而且他又是荣、宁二府的常客，连"夫人、小姐都是见的"。这绝对是个手眼通天的人物啊！他向贾母举荐的那位小姐，"今年十五岁，生得倒也好个模样儿"。而且这位小姐"聪明智慧，根基家当，倒也配得过"。在下找遍全书，发现只有一个人符合他说的这几点，那就是薛宝钗。

薛宝钗正月二十一日刚过了十五岁生日，还是贾母大张旗鼓地替她开的生日Party。提到宝钗的生日有个疑点顺便解释一下。在原著第六十二回中，探春因为平儿、宝琴、岫烟、宝玉四个人竟是同一天的生日，因此感慨地说："一年十二个月，月月有几个生日。人多了，便这等巧，有三个一日的，两个一日的。""过了灯节，就是老太太和宝姐姐，她们娘儿两个遇的巧。"可是在第七十一回中却又明白写着："因今岁八月初二日乃是贾母八旬之庆。"若说探春记错了贾母和薛宝钗的生日，那是万不能够的，在下以为六十二回探春所说的应该是"大太太和宝姐姐"，具体解释可参见拙作《沉醉红楼》，本书就不赘述了。

接着还说张道士说媒的事。"好个模样儿"以及"聪明智慧",薛宝钗都是当之无愧,但这也不过是句泛泛之词罢了,放在哪个女孩子身上,都可以用一用,但是这"根基家当""配得过",可就不是谁都能用的了。"贾不假,白玉为堂金作马。""丰年好大雪,珍珠如土金如铁。"同在一张护官符上,这才叫作"根基家当也都配得过"。

也许看到此处还是有读者不服气。是的,单凭这些还是不足以证明张道士所说的女孩子就是薛宝钗,所以我们还得回过头再看一眼张道士那一堆封号。其中有一个"终了真人",乃是当今皇上亲封的,这说明张道士是有机会进宫面圣的,而他又是元妃爷爷的替身,自然也是有机会面见元妃的,因为本来荣、宁两府的夫人、小姐他也是可以随便见的。贾府为什么到清虚观打醮啊?是奉了元春的旨意来的,来之前,元春刚赏赐了端午的节礼给家人,其中薛宝钗和贾宝玉的是一模一样的"上等宫扇两柄,红麝香珠二串,凤尾罗二端,芙蓉簟一领"。别的姊妹们只有扇子和珠串,而薛宝钗和贾宝玉多出了凤尾罗和芙蓉簟。凤尾罗是织有细纹的丝织物,而芙蓉簟则是编有荷花或者芙蓉花的凉席,一个是盖的，一个是铺的，都是床上用品。元春特意多赐了这两样东西，不可能没有深意。曹公自己为了提醒读者留神还特意写了一段"薛宝钗羞笼红麝串"来强化元妃的中秋节礼。

所以我认为张道士是奉了元春的旨意打算撮合"金玉良缘"的。可惜对手是贾母这样早就修炼成精的高手，只得偃旗息鼓，不了了之。只是有一条，我至今也是百思不得其解。五月初三乃是薛蟠的生日，曹公为了引起读者重视特别安排了一场酒宴。有学者认为，薛蟠字文龙，又是个皇商，隐着"皇上"的谐音。也有学者认为，清虚观打醮是元妃的原型为了纪念废太子胤礽的。不管薛蟠是不是曹公暗藏于书中的哪位皇子的影子，都与书中的角色扯不上关系，我们自然也不能抛开角色来谈小说情节。可是怎么也找不到元妃为了薛蟠过生日而打三天平安醮的理由来。又明知道曹公如此安排必有深意，但就是想不出任何子丑寅卯来。更要命的是，那位无处不在的"弹幕王"——脂砚斋在这一回里突然就销声匿迹了，扔下一干痴心的读者，爱怎么想怎么想去吧！唉！至今我也没想明白！只好将这个问题放在此处，留待高人解惑了！

我们还是接着说余下的几座红楼职场的外场。其中有个地藏庵,书中对这个地方并没有太多的描写,只是在贾母八旬寿庆时有两个地藏庵的尼姑陪着邢岫烟、薛宝琴和史湘云三人说故事玩笑,目睹尤氏为着小丫头支使不动荣国府的婆子生气,出言劝慰了一通,听口气也是贾府的常客:"奶奶素日宽洪大量,今日老祖宗的千秋,奶奶生气,岂不惹人议论。"想来和水月庵差不多,也都是混迹于豪门边缘谋生的。而且两庵的尼姑相互往来,秉性也类似。听说芳官等人闹着要出家,那水月庵的智通、地藏庵的圆信都像鲨鱼闻着了血腥味一般,"巴不得又拐两个女孩子去好作活使唤",赶不迭搬出一堆大道理来说服王夫人,最后不但成功地将芳官等人弄到手,还哄得王夫人又送了她们好些礼物。地藏庵的圆信更是拐了蕊官、藕官两个人去。

不过曹公于此处安排地藏庵的姑子陪着邢岫烟、薛宝琴和史湘云三人说笑,恐怕也不是信笔写来的。前文说过,地藏庵供奉的乃是主管生死的地藏王菩萨,所以我猜,也许邢岫烟、薛宝琴、史湘云三人是要相伴生死的。

另有一个道婆,究竟不知她是哪座庙里的高人,搅得整座荣国府鸡飞狗跳，此人便是贾宝玉的寄名干娘马道婆。此人既然能当上贾宝玉的寄名干娘，应该不会是什么小道观的，工作单位肯定还是有一定档次的，听她说出来的香客名单都不是等闲之辈："像我家里，就有好几处的王妃诰命供奉的：南安郡王府里的太妃她许多的愿心，大约一天是四十八斤油，一斤灯草，那海灯也只比缸略小些；锦田侯的诰命次一等，一天不过二十四斤……"这么一个说起话来牛气冲天的人，看见赵姨娘炕上的零碎绸缎湾角还想弄几块做鞋面子，只因这两块鞋面子便惹出后面的一堆事来，若不是那两位世外高人——茫茫大士、渺渺真人出面，差点就把王熙凤和贾宝玉姐弟俩给整死了。更可怕的是，这个老虔婆空披着一身出家人的外衣，害人的家什居然随身携带着，眼中只有黄白之物，哪有什么慈悲仁义？！原著第二十五回写道：

马道婆看看白花花的一堆银子，又有欠契，并不顾青红皂白，满口里应着，伸手先去抓了银子揣起来，然后收了欠契。又向裤腰里掏了半晌，掏出十个纸铰的青面白发的鬼来，并两个纸人，递与赵姨娘，又悄悄地教她道:"把他两个的年庚八字写在这两个纸人身上,一并五个鬼都掖在他们各人的床上就完了。我只在家里作法,自有效验。千万小心,不要害怕!"

这一段文字,真正是如描如画,惊心动魄。再回想她之前在贾母面前的言行,以及装模作样地拿手指头在贾宝玉脸上比比画画,为其祈福消灾,真是越想越怕,越想越恨。谁要是遇上这样的同事或是商业伙伴那可真就倒了八辈子的霉了,实在是出乎意料,防不胜防啊!

还有一座庙,前八十回不曾出现,但所有的红学爱好者全都知道,它就是大名鼎鼎的狱神庙。如果能够重现一回狱神庙场景,则所有的红楼故事情节之谜几乎都可以迎刃而解了。脂砚斋的批注中多次提及狱神庙,说茜雪要至"狱神庙"方呈正文,又说:"狱神庙红玉、茜雪一大回文字惜迷失无稿。"还说什么"花袭人有始有终,余只见有一次誊清时,于'狱神庙慰宝玉'等五六稿,被借阅者迷失,叹叹"之类的话,真是急杀了后世读者。谁不想亲眼目睹一把,哪怕只让看一遍也好啊!

总而言之,除了狱神庙,那里头是否还有什么和尚或者道士之流的，我们已无从知晓外，《红楼梦》里的和尚、道士、尼姑、道姑，除了那个"僧不僧、俗不俗"的妙玉，几乎都是披着慈善的外衣，整天装模作样的，也难怪曹公要借贾宝玉之口"毁僧谤道"了，着实可恶！

不过书中也有一位坦率得十分可爱的道士，出现在第八十回。有学者说前八十回是曹雪芹所著，也有学者说只有前七十八回是曹雪芹原著，第七十九回和第八十回是其家人整理遗稿所得。这个问题不在本书讨论范畴内，我们就姑且将通行本的前八十回都看作曹公原著，而本书所论述的内容也仅限于前八十回，对于有所争议的后四十回就不予评论了。

第八十回中有个天齐庙，庙内有个老道，外号"王一贴"，"这老道士专在江湖上卖药，弄些海上方治病射利，庙外现挂着招牌，丸散膏药，色色俱备"。外界盛传"他膏药灵验，一贴病除"。于是贾宝玉便向他讨要贴女人妒病的方子，为的是能救香菱于水深火热之中。这王一贴便随口说了一个"疗妒汤"的方子："用极好的秋梨一个，二钱冰糖，一钱陈皮，水三碗，梨熟为度。每日清早吃这么一个梨，吃来吃去就好了。""一剂不效吃十剂，今日不效明日再吃，明日不效吃到明年。横竖这三味药都是润肺开胃不伤人的，甜丝丝的，又止咳嗽，又好吃。吃过一百岁，人横竖要死去，还妒什么！那时就见效了。"这方子我还真试过，果然止咳效果十分明显呢！看了他这方子，是不是特别容易联想到各种街头巷尾的"老中医"用玉米粉之类做成的包治百病的小药丸？紧接着这位大师"王一贴"说得更加坦白了："实告诉你们说罢，连膏药也是假的。我有真药，我还吃了做神仙呢。有真的，跑到这里来混？"是不是个坦诚得十分可爱的小老头儿？

还有一个小老头儿，在下特意将他放到最后才讲，他就是智通寺里那位"既聋且昏，齿落舌钝"的老僧。这个智通寺和贾府表面上没有任何往来，而且一个在天南，一个在地北：贾府位于北方的京都，智通寺则在维扬地界。贾雨村初见智通寺，其外部环境乃是位于山环水旋、茂林深处之处，诚然一处世外桃源之所在，但近前一看，却又是门巷倾颓，墙垣折败，一幅破落景象；可是门旁却又贴着一副意味深长的对联："身后有余忘缩手，眼前无路想回头。"贾雨村看了当时便想："这两句话，文虽浅近，其意则深。"随即便认定这其中

"想必有个翻过筋斗来的,也未可知"。于是走了进去,却是大失所望,里头只有那位龙钟老僧在那里煮粥。于是"雨村见了,便不在意。及至问他两句话,那老僧既聋且昏,齿落舌钝,所答非所问。雨村不耐烦,便仍出来"。贾雨村肉眼凡胎、利欲熏心,自然不识高人,也无缘得识高人。脂砚斋也说:"毕竟雨村还是俗眼,只能识得阿凤、宝玉、黛玉等未觉之先,却不识得既证之后。"

那茫茫大士、渺渺真人在俗世的面貌又何尝不是"癞头跣足,跛足蓬头,疯疯癫癫"呢?把柳湘莲弄走的道士也是个栖身破庙的跏腿道士,送贾瑞"风月宝鉴"的道士也是个跛足的形象,救王熙凤与贾宝玉脱险的两位也是癞头和尚与跛足道人的造型。俗人自然是只看见表象,只能看见和尚"破衲芒鞋无住迹,腌臜更有满头疮"。哪里能注意到人家"鼻如悬胆两眉长,目似明星蓄宝光"呢?!看那道士也是"一足高来一足低,浑身带水又拖泥",何尝明白"相逢若问家何处,却在蓬莱弱水西"?!所以焉知那龙钟老僧不是"翻过筋斗来的"贾宝玉的幻象啊!

由这样一个看似"既聋且昏,齿落舌钝"的龙钟老僧说一段历尽离合悲欢、炎凉世态的故事,再由空空道人抄录传世,方不负《情僧录》之名!

至此,红楼职场,场内、场外评述已毕,聊博诸君一笑耳!

(完)